KB128365

운수
대통령

운수 대통령 6 완결

초판 1쇄 인쇄일 2016년 4월 22일 | **초판 1쇄 발행일** 2016년 4월 26일

지은이 송근태 | **펴낸이** 곽중열 | **담당편집 팀장** 이범수
편집부 신연제 이윤아 김은경 홍현주

펴낸곳 (주)조은세상 | 출판등록 제 2002-23호
주소 경기도 연천군 미산면 청정로 1355
TEL 편집부 02)587-2966 | FAX 02)587-2922
e-mail bukdu@comics21c.co.kr

ⓒ송근태 2015
ISBN 979-11-5832-538-1 | ISBN 979-11-5832-394-3(set) | 값 8,000원

운수 대통령

송근태 현대 판타지 장편소설

NEO MODERN FANTASY STORY

완 결

NEO MODERN FANTASY STORY

송근태 현대 판타지 장편소설

첫 번째 이야기
전쟁

운수 대통령

첫 번째 이야기
전쟁

　인생에서 딱 한 번 밖에 없는 신혼여행.

　2박 3일이라는 짧은 시간동안 서로의 마음을 더욱 깊게 확인한 두 사람은 무사히 귀국했다.

　귀국한 최창수가 가장 먼저 한 건 휴식이 아닌 회사 점검 이었다.

　"법무팀, 요즘 일거리가 늘어나고 있어서 현 인원으로는 감당이 안 되는 거 같네요. 조만간 직원 두 명 더 늘리겠습니다."

　"네."

　"디자이너 팀은 요새 결과물이 예전보다 별로입니다. AG기업의 브랜드 값은 제법 높아졌지만 그렇다고 그것만 믿고 무작정 신제품을 출시할 수는 없습니다."

"죄송합니다."

"경영팀은 앞으로 보고서 조금 더 세분화해서 보내주세요. 매번 느낀 건데 두루뭉술한 부분이 너무 많습니다. 그리고 디자이너 팀 직원 계좌에 10만원 씩 입금해주세요. 디자이너 총괄팀장님은 직원에게 그 돈으로 패션잡지 구매해서 읽으라고 하세요. 필요할 경우 패션쇼 관람 지원금도 드릴 테니 희망자 조사해오시고요."

"알겠습니다."

각 팀의 총괄팀장들이 고개를 숙였다.

요즘따라 최창수가 전보다 엄격해졌다 생각했지만, 최창수가 세세한 문제점을 지적하자 그가 엄격해진 게 아니라 자신들이 너무 풀어졌다는 걸 인지하게 됐다.

"알아두세요. 여러분들이 주어진 일을 완벽하게 처리해 줘야만 AG기업에서의 자유가 보장되는 겁니다. 노력 없는 대가, 제가 싫어하시는 거 알죠?"

"네. 더욱 분발하겠습니다."

"좋아요. 제가 한 마디 했다고 너무 기죽지 마시고 가서 일 보세요."

"감사합니다."

직원들이 하나 둘 밖으로 나갔다. 1시간 동안 꽉 차 있던 대표실이 한가해졌다.

"아, 너무 세게 나갔나?"

혼자 남게 된 최창수는 약간 후회했다.

"아니야. 실제로 만날 웃기만 하니까 요즘 업무 효율이 별로잖아. 가끔은 쎄게 나가야 다들 전처럼 잘해주겠지."

최고 권위자에게 있어 강약은 중요하다.

필요한 부분에서는 잘 해주고, 필요한 부분에서는 또 엄격하게 대해야 한다. 상하관계가 명확해야만 기업이 돌아가니까.

신혼여행 때문에 처리 못한 업무를 처리하고 있자 금세 점심시간이 됐다.

오늘은 사내식당에서 점심을 먹기로 했다.

"우리 회사 점심 하나는 진짜 훌륭하다니까?"

옆에 앉은 서유라가 콧노래를 불렀다.

그녀의 말대로 AG기업 점심은 타 기업과는 비교가 안 됐다.

타 기업은 생활비에 쪼들리는 직원이 배만 채운다는 생각으로 꾸역꾸역 먹는다면, AG기업 직원은 오늘 점심은 무엇일까 기대를 갖고 방문할 수 있는 곳이었다.

"직원이 곧 기업의 미래잖나. 많이 잘 먹어야 힘내서 열심히 일하지."

오늘의 메뉴는 등심 돈가스와 생선가스였다. 당연히 모두 국내산이었고 느끼할 때마다 먹으면 되는 샐러드는 AG 명품 소스를 사용했다.

요식업을 시작하면서 자신을 좋게 봐주는 업자를 많이 만났고, 그들과 계약을 나눠 저렴한 값에 많은 재료를 공급받을 수 있었다.

"대표님, 식사 맛있게 하십시오!"

"즐거운 점심시간 되세요!"

사내식당 운영비용은 오롯이 AG기업의 몫.

직원은 맛있게 점심만 먹으면 된다. 직원들로부터 평가가 좋은 건 당연한 일이었다.

"대표님~ 합석해도 되죠?"

절반쯤 식사를 끝냈을 때 활기찬 목소리가 들렸다. 팀원들과 함께 식판을 들고 있는 이소영이 보였다.

"어, 소영이. 앉아 앉아."

"네~."

이소영이 먼저 자리에 앉자 직원들은 눈치를 보며 조심스레 식판을 놨다. 다들 최창수와 식사가 하고 싶었지만 대표에게 쉽게 말 걸 용기가 없어 친분이 있는 이소영을 이용한 것······.

최창수와 친하다는 사실을 입증하는 계기였기에 이소영은 기분 좋기만 했다.

"대표님 오랜만에 보니까 좋네요. 신혼여행 재밌었어요? 몰디브 가셨다면서요! 썰 좀 풀어주세요."

어떻게 대표를 상대로 저리도 가벼운 언어를 사용한단 말인가!

직원들은 뜨악했지만 최창수는 신경 쓰지 않았다.

"이야~ 몰디브 진짜 좋더라. 솔직히 놀 거리는 없는데 풍경이 압도적이야."

식사를 중단한 최창수가 휴대폰을 꺼내 몰디브에서 찍은 사진을 보여줬다. 때로는 풍경, 때로는 서유라와 함께 찍은 사진을 본 직원들은 부러워졌다.

둘 다 정말 행복해보였으니까.

"와, 이거 보니까 나도 결혼하고 싶다."

"소영이 너 남자친구도 없으면서 뭔 결혼이야."

"그거야 사귀면 되고요."

내심 이소영에게 관심 있던 직원의 귀가 쫑긋거렸다.

"참, 근데 첫날밤은 어땠어요?"

"픕!"

너무 당돌한 질문에 서유라가 삼키던 물을 뱉어버렸다.

"어……? 그, 장난으로 물어본 건데 정말 뭔 일……."

"자, 소영 씨! 식사 시간 얼마 안 남았어, 어서 밥 먹자!"

"아직 40분이나 남았는데요?"

"밥 먹고 양치하려면 촉박해, 자 어서 먹자!"

눈치 빠른 여직원이 이소영의 손에 억지로 수저를 쥐어줬다. 고개를 갸웃거리면서 그녀가 샐러드에 손을 댔다.

아직도 얼굴이 화끈거렸다.

"소영이 때문에 미치겠네."

신호등에 걸린 최창수가 브레이크를 밟았다.

다행이 여직원의 임기응변으로 민감한 질문에 대답하는 일은 없었지만 서유라의 반응이 곧 대답이었다.

"애가 아직 어려서 그런 거라 혼낼 수도 없고."

아무리 친화력이 좋고 털털한 성격이어도 각자 숨길 수 있는 게 있다.

하지만 짧더라도 자신의 과거를 아는 이소영은 때때로 숨기고 싶은 얘기를 아무렇지도 않게 거론했다.

"됐어. 어차피 알려질 일인데."

신혼여행 첫날 밤.

어떤 일이 있었는지는 차차 불러올 서유라의 배가 알려 줄 거다. 따지고 보면 그 행위 자체가 창피한 거지, 결과물은 모두에게 축복 받아야 한다.

슈우웅.

주차장에서 내려 좀 걷다 보니 마트 자동문이 열렸다.

"신제품 구경이나 하러 갈까."

결혼식 날 발매된 허니버터 볶음밥.

신혼여행 도중에는 아무것도 생각하지 말라는 서유라의 말만 없었다면 몰디브에서 계속 상황을 확인했을 거다.

'오늘로 발매 4일째. 한창 잘 팔릴 때지.'

바로 3연구실로 찾아가 매출 현황을 물어봐도 되지만 두 눈으로 직접 반응을 확인하고 싶었다.

"……왜 없지?"

식료품 코너에 도착한 최창수가 고개를 갸웃거렸다.

인스턴트 제품이 놓여 있는 곳.

그 중에서도 푸드푸드의 제품이 집중적으로 몰린 코너를 죄다 살폈지만 허니버터 볶음밥은 보이지 않았다.

"이건 왜 여기 있고?"

그 사이에 이질적인 제품이 하나 있었다.

〈허니버터 비빔밥〉

얼핏 보면 푸드푸드의 제품이라 착각할 뻔 했다. 제품명도 표지도 엇비슷했기 때문이다. 하지만 자세히 보면 푸드푸드가 아닌 오뚝이의 제품이란 걸 알 수 있었다.

"직원이 잘못 놨나?"

비슷하니 충분히 착각할 만하다.

하지만 오뚝이의 인스턴트 제품이 집중적으로 몰려있는 코너에도 허니버터 볶음밥은 없었다.

"이상한데……. 아, 저기요."

"네, 고객님."

"죄송한데 이번에 푸드푸드에서 나온 허니버터 볶음밥은

어디에 위치해있죠?"

"아, 그거라면 이쪽에 있습니다."

직원이 안내한 곳으로 따라갔다.

그리고 의아함은 배가 됐다.

"푸드푸드 제품이 왜 여기 진열되어 있죠?"

푸드푸드 신제품이 진열된 곳은 작은 기업의 제품만 진열된 코너였다. 그나마 다행이라면 푸드푸드 제품만 절반이 텅 빌 정도로 팔렸다는 걸까?

"글쎄요? 전 매니저가 시키는 대로 진열할 거라서요."

"음, 알겠습니다."

잠시 그 앞에 서 있다가 진열대 정면으로 향했다.

통로에 위치한 진열대.

보통 이곳에는 잘 팔리거나 행사 중인 상품, 혹은 신 상품을 진열한다. 통로에 위치한 만큼 고객의 눈에 더 잘 띄어 매출에 큰 영향을 미치기 때문이다.

그러다 보니 기업에서는 주기적으로 통로 방향 진열대를 두고 싸움이 붙는다.

이기는 건 결국 돈을 더 많이 준 곳.

그리고 그 싸움의 승리자는 바로 오뚝이였다.

"새끼들…… 벌써 수작 들어갔네."

그거 말고는 푸드푸드의 신제품이 고객의 선호도가 낮은 진열대, 그것도 맨 구석에 있을 리가 없고 통로 진열대를 뺏겼을 리가 없다.

"어휴, 푸드푸드 신제품 겨우 찾았네."

그때였다.

여대생으로 보이는 최창수 근처로 다가왔다.

"이거 맛있다고 SNS에서 난리잖아. AG기업도 참여했으면 더더욱 믿고 먹을 만하지."

"30개 밖에 안 남았는데 다 사가자."

"그러자."

여대생이 카트에 남은 재고를 전부 담고 유유히 사라졌다.

'다행히 반응은 좋은 편인가 보네.'

최창수가 다시 직원에게 다가갔다.

"저기요. 허니버터 볶음밥사려고 했는데, 잠시 화장실 갔다 온 사이에 매진됐네요."

"벌써요? 창고에서 금방 재고 갖고 올 테니까 10분만 기다려주세요."

고개를 꾸벅 숙인 직원이 창고로 향했다.

그 후, 직원이 돌아온 건 약속과 달리 30분 후였다.

"죄송합니다, 고객님."

빈손으로 돌아온 직원이 최창수의 눈치를 살폈다.

"현재 창고에 해당 제품이 하나도 없네요."

"네? 아니, 푸드푸드 신제품인데 재고가 없다고요? 다 팔린 거예요?"

"그게 아니라 발주를 적게 받았다고 하네요. 다음에 다시 찾아와주시면 감사하겠습니다."

직원이 다른 곳으로 떠났고, 최창수는 영혼이 빠져나간 것처럼 멍하니 서 있었다.

"발주를 적게 받았다니. 말이 돼?"

오늘 방문한 마트는 강남에서 가장 큰 곳이다. 그만큼 하루에 방문하는 고객의 수는 어마어마하고, 계속 팔아야만 하니 타 매장보다 더 많은 발주를 받는다.

그게 신제품이라면 발주량은 더 많아진다.

그런데 더 이상 재고가 없다니?

너무 인기가 많아서 창고를 가득 채운 재고를 모두 소진 했다고 생각하기는 힘들었다.

그리고 결정적으로.

공격적인 마케팅의 대명사인 푸드푸드로서 있을 수 없는 일이었다.

· · · ◈ · · ·

"제가 푸드푸드로 이직하기 전에 오뚝이에 있었거든요?"

3연구실.

고용찬 실장이 곤란하다는 듯 말했다.

"친한 전 동료로부터 들었는데 오뚝이가 이번에야말로 푸두푸드 이기려고 강수를 던졌대요. 돈 더 써서 전 마트 통로 진열대 전부 차지한 게 그거고요. 게다가 누가 스파이 짓을 했는지 3연구실에서 개발 중인 제품의 단서를 오뚝이에 넘겼는지 비슷한 제품이 나왔고요."

"허……."

"현재 연구실 직원을 상대로 진실을 파헤치고 있는 중이에요. 아! 그리고 제가 둘 다 먹어봤는데 오뚝이건 완전 별로에요. SNS반응도 마찬가지고요."

"임명진 대표님은 이 사실 알고 있어요?"

"업무 문제로 며칠 전에 중국 가서서 아직 모르세요."

아무리 임원이 있어봤자 대표의 최종승인이 내려져야만 움직일 수 있다.

임명진이 귀국하기 전까지는 손 놓고 이 불쾌한 상황을 바라만 봐야 한다.

"너, 너무 신경 쓰지 마세요. 대표님도 아시겠지만 통로 진열대는 달마다 바뀌잖아요? 또 마트에 압력을 넣어봤자 한 달이고요."

"그 한 달 차이가 크니까 그렇죠. 실장님도 아시잖아요? 신제품은 첫 한 달 매출이 중요하다는 걸."

맞는 말에 고용찬을 입을 다물었다.

하지만 자신이 할 수는 일이 없었다.

"임명진 대표 귀국 예정이 언제입니까?"

"일주일 후요."

일주일.

짧은 시간이지만 신제품이 출시된 현 상황에서는 상당히 긴 시간이다.

"제가 해결해볼게요."

푸드푸드의 대표는 엄명진.

하지만 AG기업은 푸드푸드와 계약을 맺은 상태다. 게다가 푸드푸드에서는 AG기업에 상당히 호의적인 상황.

'어느 정도 영향력을 발휘할 수 있어.'

적어도 급한 불 정도는 끌 수 있다.

．．．◆．．．

오뚝이 본사 대표실.

박문수는 심기가 불편했다.

"왜 이거 밖에 안 나왔을까?"

그의 시선이 모니터에서 전진문으로 이동했다. 시야에 들어온 그는 체벌을 기다리는 듯한 표정이었다.

그가 침묵하자 박문수가 다시 모니터를 바라봤다.

모니터를 가득 채운 건 푸드푸드를 따라해 발매한 허니버터 비빔밥의 일주일 매출표.

전 제품 매출표를 일주일에 한 번씩 확인해가며 그 달의 성장을 확인하는 건 박문수의 즐거움 중 하나였다.

"이번 달은 평소보다 몇 배는 더 기뻐할 수 있을 거라 생각했는데 말이지. 뭐가 문제였을까?"

"…… 생각보다 반응이 별로인 게 이유 같습니다."

"아무리 반응이 안 좋아도 우리가 투자한 돈이 얼마인데

운
대통령

겨우 본전치기야?"

푸드푸드와의 재력 싸움에서 이기려고 상당한 투자를 했다.

그 결과 고객이 가장 많은 상위 마트의 통로 진열대를 전부 차지했고, 담당 매니저에게 돈 몇 푼과 함께 푸드푸드의 신제품을 손 안 닿는 곳에 배치하라고도 말했다.

"푸드푸드 신제품 반응은 어때?"

"최창수가 제작한 소스 덕분인지 호평일색입니다. 그 탓인지 신제품만 놓고 왔을 때 매출은 오뚝이와 큰 차이가 없습니다."

"병신 같은."

박문수가 거칠게 욕을 내뱉자 전진문이 몸을 크게 떨었다.

하지만 오뚝이를 위해 할 말은 다 뱉어야만 했다.

"대표님. 아무래도 다음 달부터는 투자를 중단해야 할 듯 싶습니다. 아무리 허니버터 제품이 유행 중이라도 이번 제품은 너무 성급하게……."

"나도 아니까 조용히 해 봐."

박문수가 팔짱을 둘렀다.

'젠장, 최창수 그 새끼 때문에 이게 뭔 짓거리인지.'

물론 잘못은 자신에게 있다. 하지만 최창수가 푸드푸드로 갔다고 잠자코 당하기만 할 수는 없었다.

'제품이 별로여도 그 정도 마케팅이면 어느 정도 팔려야 하건만, 최창수와 푸드푸드가 손을 잡은 영향력이 이 정도

일 줄은 미처 몰랐군.'

이 상황에서 무엇을 더해야 마이너스가 아닌 플러스가 될까?

고민 끝에 박문수가 말했다.

"개발팀가서 전해. 푸드푸드 쪽 허니버터 볶음밥 재료 일주일 안에 분석하고, 그 자료 토대로 새로 만들어서 공장에 넘기라고."

"내용물만 교체하자는 겁니까?"

"그래. 이번 달은 2주 남았으니까 다음 달부터는 교체된 제품이 판매되겠지. 마트 쪽 진열대 사용도 한 달 더 추가해."

"……알겠습니다."

전달사항을 받은 전진문이 조용히 대표실에서 나왔다. 그리고 크게 한숨을 쉬었다.

"이건 아닌데……."

항상 차분하게 일을 처리했던 박문수.

하지만 최창수와 관계가 틀어진 후로는 조급한 모습만 보여주고 있다.

"몇 달 더 시간을 들여서 좋은 제품을 만들었다면, 이번에야 말로 푸드푸드를 잠시나마 이겼을 지도 모르는데……. 푸드푸드가 최창수와 손을 잡은 이상 절대 못 이긴다고 생각이라도 하신 건가."

오랜 기간 옆에서 그를 지켜온 전진문이었기에 더욱 아쉬웠다.

'조급함은 결국 화를 부를 뿐인데…….'

하지만 자신은 일개 임원이고, 박문수는 대표다.

자신의 역할은 인도자가 아닌 꼭두각시.

두 팔과 다리에 묶인 실이 원하는 대로 움직여야만 했다.

· · · ◈ · · ·

푸드푸드 본사 회의실.

경영팀과 마케팅팀 직원, 그리고 임원이 모여 있었다.

상석에 앉은 최창수가 말했다.

"이상, 현 상황은 말씀드린 그대로입니다."

중국에 있는 임명진과 통화를 나눴던 최창수. 그의 허가
를 받아 이번 사건에 한해 운영권을 잡게 됐다.

"오뚝이가 기어코 치사한 수까지 썼군요."

"그러게요. 대기업 사이에서는 몇 달에 한 번 씩 이용하
기로 암묵적인 룰이 있는데 그걸 먼저 깨트리다니."

"어쩐지 신제품 반응은 좋은데 매출은 미묘하다 싶더니
만……."

"어쩌면 좋겠습니까?"

직원들의 반응을 확인한 경영 임원이 말했다.

"다행이라면 오뚝이가 돈으로 매수한 마트는 고객이 많은
상위 열 곳뿐입니다. 그 외 마트에서는 불티나게 팔리고 있
지만, 역시 상위 열 곳의 매출이 커 보고만 있을 수는 없죠.

엄명진 대표는 돈의 힘을 보여주라 했지만 열 곳 전부 다음 달까지는 매수되어 있습니다."

숨을 고른 최창수가 말을 이었다.

"다행이라면 오뚝이의 신제품 반응이 아주 나쁘다는 겁니다. 여론은 벌써 푸드푸드의 아류라고도 말하고 있죠. 굳이 더 많은 돈을 들이지 않아도 공격적인 마케팅만 있다면 판세역전이 가능합니다."

그 말만으로도 직원들은 자신이 무엇을 해야 할지 알게 됐다.

"이번 신제품을 시작으로 2년간 발매되는 모든 신제품에는 제가 직간접적인 간섭을 할 겁니다. 그 제품은 전부 TV 광고를 할 거고요."

"예?!"

경영 임원이 크게 놀랐다.

TV광고의 효과는 엄청나다. 매출이 저조한 제품도 단기적으로 폭발적이 매출을 기록하게 도와주니까. 그 제품이 좋은 제품이라면 꾸준히 상승세를 이어간다.

그만큼 필요한 자금도 상상을 초월한다.

"임명진 대표의 허가는 이미 떨어졌습니다. 오뚝이가 수를 썼어도 전체적인 매출은 그동안 푸드푸드에서 발매된 신제품보다 2배가량 많으니 충분히 해볼만 합니다."

"음…… 대표님의 허가가 떨어졌다면 따라야만 하겠군요."

한 번 결정한 사항은 절대 번복하지 않는 임명진이다.

"알겠습니다. 그럼 지금보다 더 신제품 마케팅에 힘을 주고, 광고 모델도 섭외하겠습니다."

"아, 그 모델 말인데요."

최창수가 걱정하지 말라는 듯 말했다.

"제가 벌써 구해놨습니다."

일처리가 빠르고 확실하다고는 들었는데 설마 자신들과 상의도 안 나누고 구해뒀을 줄은 몰랐다.

몇 직원이 살짝 불쾌함을 보였지만 모델의 정체를 알게 되자 다들 활짝 웃었다.

그 정도 인지도의 소유자면 광고 효과가 더욱 좋을 테니까.

· · · ◈ · · ·

푸드푸드 본사에서 나온 최창수는 바로 인쇄H로 향해 완성된 물건을 받았다. 그리고 가장 가까운 AG명품 족발집으로 향했다.

"헉! 대, 대표님 어쩐 일로 방문하셨습니까?"

임금 문제로 한 번 호되게 혼났던 경영주가 놀랐다. 요근래 잘못한 건 없지만 단지 최창수가 왔다는 이유만으로도 지난 과거에서 잘못을 찾게 됐다.

"광고물 부착하러 왔습니다."

"광고물이요?"

최창수가 대답 대신 광고물을 보여줬다.

B2 사이즈의 광고 전단지.

그곳에는 이번 허니버터 신제품이 인쇄되어 있었다.

"홍보가 부족한 거 같아서요. 붙여도 상관없죠?"

"아이고, 대표님 가게인데 제가 무슨 불만이 있겠습니까. 도와드리겠습니다."

"아뇨. 이건 제가 붙일 테니까 손님들 나갈 때 이거나 나눠주세요."

똑같은 디자인이지만 A4사이즈인 전단지를 건넸다.

받은 경영주는 바로 계산을 기다리는 손님에게 달려가 카드를 긁은 후, 영수증과 함께 전단지를 건넸다.

'아무리 신제품이 나오더라도 대부분의 고객은 마트에서 직접 방문하기 전에는 그 존재를 몰라. 그래서 홍보가 중요한 거지.'

AG명품 음식점에 하루에 방문하는 고객은 상당히 많다.

그들 모두가 신제품의 존재를 알게 되면 매출에 큰 영향을 미치게 된다.

"전 이만 가려는데요. 요즘은 별 문제 없죠?"

차 앞까지 배웅 나온 경영주에게 말했다. 그는 어설프게 웃으며 손을 방방 저었다.

"아이고, 당연하죠. 대표님하고의 약속은 더 이상 어기지 않기로 했습니다."

사실은 최창수에게 크게 혼난 후 확 접어버릴까 생각도 했다. 법을 지키면서 쓰는 돈이 너무 아까웠으니까.

하지만 점점 상승하는 매출을 보자 그 돈이 아무렇지도 않게 느껴졌다.

이곳을 떠나는 건 즉 굴러온 복을 걷어차는 것과 마찬가지!

그뿐만 아니라 모든 AG명품 음식점 경영주들은 AG가 망할 때까지 뼈를 묻을 생각이었다.

'가까운 곳은 전부 방문해서 전단지 나눠줬고, 못 간 곳은 전단지 도착하면 부착하라 했으니 이걸로 한 개는 끝났네.'

이제 다음으로 넘어갈 차례였다.

최창수는 휴대폰을 꺼냈다. 그리고 뒷좌석에 놓인 전단지와 자신이 들고 있는 전단지를 렌즈에 담았다.

〈다들 잘 살고 계시죠 ^_^? 요즘 너무 바빠서 근황도 제대로 못 올렸네요 ㅜㅜㅜㅜㅜ 다름 아니라 이번에 AG기업이 푸드푸드와 계약을 맺었습니다! 신제품도 나왔어요! 전단지에 있는 저것! AG기업의 새로운 명품 소스로 만든 허니버터 볶음밥인데 진짜 엄청나게 맛있습니다~!!! 저 고깃국 먹을 수 있게 다들 도와주세요 ㅠ_ㅠ;;;;〉

친근함과 유머러스함을 담긴 게시글을 페이스북과 트위터에 등록했다.

몇 분 되지도 않았는데 무서운 기세로 댓글이 달리고 리트윗 및 좋아요가 눌리며 인터넷 사방으로 퍼져나갔다.

· · · ◆ · · ·

송정민은 퇴근 후 맥주 한 캔의 여유를 만끽하는 중이었다.

"최창수 대표님은 뭘 할 생각이실까?"

3연구실에서 근무 중인 그녀.

요 근래 최창수의 출근 덕분에 눈이 호강해 힘들기만 하던 직장생활에 오아시스가 만들어졌다.

물론 그가 출근하지 않으면 의욕을 크게 잃지만.

"오뚝이도 참 그릇 작아. 그래봤자 매출은 단기적으로 상승할 텐데. 푸드푸드를 이기고 싶으면 장기적으로 움직여야지~."

푸드푸드에 취직한다는 사실에 큰 자부심을 느끼는 그녀.

최창수가 어떤 수로 이 상황을 해결할지 상상하며 페이스북에 접속했다.

"어, 최창수 대표님. 오랜만에 페이스북 갱신하셨네? 와…… 올린 지 5시간 밖에 안 됐는데 벌써 좋아요가 7만개야? 댓글은 5만개나 되네……. 헉! 와, 대박! 하나도 빠짐없이 일일이 답댓글 달아주셨잖아!"

무려 2만 5천개의 댓글에 각각 다른 대답을 해주느라 고 생했을 그가 머릿속에 그려졌다.

"이것도 전부 신제품 홍보 때문이겠지? 어궁, 우리 불쌍한 대표님 많이 힘들었겠다~"

혼잣말하며 댓글 몇 개를 읽었다.

〈진소미 : 헉! 요즘 너무 추워서 이불에만 있었는데 AG 기업 음식이면 나갈 수밖에 없잖아요! 저 저거 사러 가다가 얼어 죽으면 책임져야 해요!

ㄴ최창수 : 얼어붙은 몸이 녹을 만큼 맛있어요.

이주영 : 이거 어제 누나가 친구랑 30개나 사왔더라? 뭘 그렇게 잔뜩 샀냐고 물어봤는데 먹자마자 이유를 알겠더라. 진짜 개맛있음

ㄴ최창수 : 주영 씨 누나를 봤을 지도 모르겠네요! 진짜 맛있습니다. 누나 분한테 감사하다고 전해주세요~〉

"음……."

처음에는 즐겁게 댓글을 읽던 그녀가 갑자기 고민에 빠졌다.

'엄연히 따지면 최창수 대표님은 푸드푸드 직원도 아닌데……. 진짜 직원인 내가 두 손 놓고 지켜보기만 하는 것도 영 마음이 불편한데……. 음?'

어떻게 하면 그를 도울 수 있을까?

고민하고 있자 사진이 첨부된 댓글을 발견했다.

〈홍민지 : 여기 강남 쪽 홈마이너스 마트인데 허니버터
볶음밥 왜 구석에 있어요? 맛대가리 하나도 없는 오뚝이
허니버터 비빔밥만 잔뜩 보이던데.

　└최창수 : 오잉 @_@? 그러게요. 왜 그런 걸까요?〉

그 댓글을 보는 순간.

"맞아!"

최창수를 적극적으로 도울 수 있는 방법이 떠올랐다.

조용하던 그녀의 방에 키보드 소리가 시끄럽게 울렸다.

· · · ◈ · · ·

오뚝이 본사 고객 상담실.

퇴근할 때까지 전화만 받는 업무가 겉으로는 쉬워 보이
지만 실은 꽤나 고된 정신노동이었다.

"아, 네 고객님. 우선 오뚝이를 믿고 허니버터 비빔밥 두 박
스를 구매해주셔서 감사합니다. 죄송하지만 이미 개봉한 제
품은 맛이 없더라도 환불 및 교환이 힘듭니다. 죄송합니다."

웃으면서 상냥하게 말한 여직원.

전화가 끊어지기가 무섭게 거칠게 수화기를 내려놨다.

"아오, 짜증나!"

"왜 그래, 수정 씨. 또 블랙컨슈머야?"

"네. 살기 퍽퍽해지니까 다들 고객 상담원한테 스트레스 푸나? 뇌가 있으면 당연히 안 될 일은 왜 자꾸 애새끼처럼 해달라고 징징거리냐고요."

"참아, 수정 씨. 그래도 월급은 나쁘지 않잖아?"

"어휴, 그거 아니었으면 진작 관뒀어요."

상담원으로 일하다 보면 별에 별 인간은 많이 만나게 된다. 정상적인 사람도 많았지만 제정신 아닌 사람이 더 많았다.

방금 전처럼 음식이 맛없다고 환불해달라거나, 10년 고객이니 상품권 좀 보내달라거나, 아들이 오뚝이에서 면접을 보는데 합격 좀 시켜달라거나.

따르릉!

"아, 또 왔네."

고객 상담실 직원은 총 열 명. 그 수에 비해 전화량이 많아 점심시간을 제외하고는 휴식 시간이 아예 존재하지 않았다.

"네, 반갑습니다 고객님. 오뚝이 본사 고객 상담원 오수정입니다. 무엇을 도와드릴까요?"

"야 이 나쁜 년아!"

"네?"

"오뚝이 개쓰레기 기업! 아무리 세상이 돈이 전부여도 창수 오빠까지 건드리냐! 확 망해버려라!"

뚝.

전화를 받자마자 거칠게 들려온 욕설이 이윽고 사라졌다.

"뭐하는 미친년이지……?"

어안이 벙벙했다.

그동안 수많은 진상을 상대해봤지만 다짜고짜 욕만 먹고 끝난 경우는 없었으니까. 무엇보다 오뚝이의 잘못으로 자신이 욕먹은 게 너무 짜증났다.

따르릉.

다시 전화가 울렸다.

"네, 반갑습니다. 고객님. 오뚝이 본사……."

"어버버버 오뚝이 쓰레기기업이래요~ 맛없는 음식 냈으면 착하기라도 해야지, 양심 없이 진열대나 다 뺏냐!"

뚝.

이번에도 욕만 먹고 끝났다.

"대체 뭐야!"

"왜 그래, 수정 씨?"

"2연타 진상……."

"아, 잠깐만 전화 좀. 네, 반갑습니다. 오뚝이 본……."

활기차게 전화를 받은 동료의 얼굴이 그대로 굳었다. 그리고 수화기를 든 지 얼마 안 돼 한숨을 쉬었다.

"언니도 욕먹었어요?"

"응. 근데 나만 먹은 게 아닌 거 같아."

두 사람이 주변을 둘러봤다. 쉴 새 없이 울리는 전화를 받은 상담원 대부분이 짜증 섞인 한숨을 뱉는 모습이 시야에 들어왔다.

물어 보니 한 명도 빠짐없이 다짜고짜 오뚝이를 욕하는 전화를 받았다고 했다.

"오뚝이가 무슨 실수라도 했나?"

"걔네가 잘못한 건데 왜 우리가 욕먹어야 하냐고요."

적어도 원인이라도 알면 이 짜증이 조금은 가라앉을 거 같다. 노수정이 분풀이하듯 거칠게 휴대폰을 꺼내 오뚝이를 검색했다.

그리고 머지않아 기사 하나가 시야에 들어왔다.

〈오뚝이. 업계의 룰을 어기고 푸드푸드를 공격하다!〉

이윽고 자극적인 제목을 보게 됐다.

게시물을 클릭하니 장황한 기사가 적혀 있었다. 스크롤을 조금 더 내리니 페이스북 사진 한 장이 나타났다.

〈제 친구가 푸드푸드 직원인데요. 통로 진열대 원래 업계끼리 돌려쓰고 이번 달부터 한동안은 푸드푸드가 쓸 차례였는데 오뚝이가 치사하게 돈 더 먹이고 자리 뺏었다고 하네요. 그것뿐 아니라 푸드푸드 따라서 비슷한 제품까지 발매하고. 만날 푸드푸드한테 깨지니까 치사한 짓해서라도 이기려고 작정한 듯;;〉

"난리났네……."

쉴 새 없이 울리는 휴대폰을 무음모드로 설정했다, 그 와중에서 페이스북과 트위터에서 메시지가 왔다고 계속해서 알람이 떠올랐다.

그 이유를 누군가의 제보로 인해 알게 됐다.

"혜빈 씨한테 감사해야겠어."

그녀의 도움 덕분에 두 기업만 알고 있을 사실을 소비자도 알게 됐다.

물론 오뚝이의 행위가 불법은 아니다.

암묵적인 규칙일 뿐, 구체적으로 각 기업 대표끼리 정한 사안은 아니니까. 단지 그들은 성공을 위해서 수단과 방법을 가리지 않았을 뿐이다.

하지만 푸드푸드 측에서는 당연히 불쾌할 수밖에 없었다.

게다가 소비자의 분노를 사기에도 충분했다.

"오뚝이가 이렇게 욕먹는 건 처음보네."

보통 까가 있으면 빠도 있는 법.

하지만 이번에 한해서는 모든 소비자가 오뚝이게 불만을 터트렸다. 그도 그럴 게 오뚝이는 역대 최악의 상품을 내놨으니까.

특이한 입맛의 소비자마저 외면한 게 오뚝이의 허니버터 비빔밥이다.

그 반면 푸드푸드의 허니버터 볶음밥은 호평 그 자체.

소비자들 입장에서는 오뚝이가 규칙을 어겼기 때문에 자신들이 맛있는 음식을 구매할 기회를 놓치고 맛없는 음식을 먹게 됐다고 생각하기 충분했다.

그 논리는 곧 돈을 허공에 날린 걸로 이어지니까.

게다가 이번 제품은 AG기업이 참여했다.

약자를 위해서 끊임없이 발품을 파는 기업이라는 게 세간의 인식이다.

그리고 소비자 대부분이 사회적 약자다.

오르는 물가와 달리 동결된 월급을 받으며 하루하루 힘겹게 살아간다.

그들을 위해서 일거리창출에 힘쓰고 있다.

부모의 보살핌을 받지 못하거나, 자식에게 버림 받아 언제 죽을지 모르는 불안함 삶을 살아간다.

그들을 위해서 보육원을 차리고 정기적으로 타 보육원과 경로원에 음식과 보조금을 보내고 있다.

불투명한 미래가 두려워 현실을 외면하거나 고통스러워하며 살아간다.

그들을 위해서 주기적으로 대학교에서 강연을 하고 있다.

이렇듯.

최창수는 사회로부터 호감을 얻을 수밖에 없는 선행을 실천하고 있다.

말만 내뱉거나, 보여주기 식으로 한 두 번 하고 끝내는 정치인과는 다르다.

자신이 뱉은 말에 신념을 갖고 빠짐없이 지킨다.

꾸준한 활동 덕분에 그 활동이 진심이라는 걸 모두가 알고 있다.

전례 없는 기업.

소비자들 입장에서는 쌍수를 들고 환영할 수밖에 없다.

그런데 오뚝이의 공격이 AG기업에게까지 피해를 입혔다.

"오뚝이. 너희 때문에 욕먹은 내 심정을 조금이라도 알아 봐라."

당한 게 있다.

자신이 굳이 나서 아니라고 도와줄 이유는 어디에도 없다. 오히려 침묵을 유지하면 소비자는 더욱 더 사실로 받아들이게 될 거다.

'소비자가 없으면 기업은 망하지.'

벌써 대다수의 소비자가 오뚝이로부터 등을 돌리려고 하고 있다.

그 증거로 인터넷은 소란스럽고, 오뚝이와 오뚝이로부터 돈을 받은 마트 홈페이지는 트래픽 과부하로 접속이 불가능하다.

주차장에 차를 세운 최창수.

저번에 찾아왔던 강남 쪽 대형마트 고객 상담실로 향했다. 그곳에는 해당 마트 총괄 매니저가 앉아 있었다.

"안녕하십니까."

"아, 안녕하세요."

총괄 매니저가 어설프게 웃었다.

찔리는 구석이 있으니까.

"오는 길에 웹서핑을 했는데 오뚝이가 욕을 먹고 있더라고요."

"그, 그렇더군요."

"특정 마트에 돈을 더 줘서 푸드푸드 쪽 제품을 밀어냈다던데. 참, 그러고 보니 이 매장도 유독 오뚝이 신제품을 띄워주고 있던데. 혹시?"

"그, 글쎄요……."

총괄 매니저가 천장으로 시선을 돌렸다.

대놓고 그렇다고 말하는 모습에 헛웃음만 나왔다.

"12시부터 1시까지는 제가 매장 사용해도 되는 거 맞죠?"

"무, 물론이죠."

"예. 허가 해줘서 고맙다고 말하러 왔어요. 이만 장사하러 가보겠습니다. 이따가 구경이나 오세요."

자리에서 일어난 최창수가 식료품 매장으로 향했다.

그 중 인스턴트 진열대 쪽 통로에 각종 조리기구가 놓인 곳이 오늘 최창수의 장사자리였다.

장사를 시작하기 전 창고에서 허니버터 볶음밥 두 박스를 갖고 왔다. 그리고 운수 대통령을 확인했다.

〈행운의 아이템 : 글자가 적힌 머리띠〉
〈행운의 색깔 : 진한 무지개 색〉
〈행운의 장소 : 직장에서 30분 거리 떨어진 500평 이상의 건물〉

'3단계의 행운이야. 좋은 일만 가득하겠군.'
아침에 일어나자마자 조건을 확인한 최창수는 서유라에게 '허니버터 볶음밥'이라 적힌 무지개 색 머리띠를 만들어 달라 말했었다.
띵!
12시가 됐다.
'장사 시작이다!'

· · · ◈ · · · ·

사무실에 있는 총괄 매니저는 발주 차트를 확인하고 있었다. 하지만 가슴 속 불안이 너무 심해 검은 건 글씨고 하얀 건 종이인 상태가 계속됐다.
'벌써 12시 30분…… 상황을 지켜봐야 하려나?'
며칠 전.

푸드푸드로부터 한 통의 전화가 왔다.

푸드푸드 직원 중 한 명을 파견해 해당 매장에서 허니버터 볶음밥 시식 홍보를 해도 되겠냐고.

그때는 당연히 거절했다.

오뚝이에게 뒷돈을 두 달 치나 받았으니까.

하지만 오늘 아침에 생각이 바뀌었다.

여론이 갑자기 오뚝이를 공격하기 시작한 것.

돈으로 생긴 의리를 지키기에는 위험요소가 생겨버렸다.

"안 되겠어. 직접 봐야 마음이 놓이지."

최창수의 홍보가 죽 쑤고 있다면 한결 홀가분해질 거 같았다.

하지만…….

"대박……."

총괄 매니저는 자신의 눈을 의심했다.

원래 시식 홍보는 큰 효과가 없다.

소비자들 자체가 시식을 하면 구매해야만 한다고 생각하기 때문이다.

그러다 보니 시식은 어디까지나 이런 제품도 있다고 알리는 용도, 1시간의 시식 홍보로 1개만 팔아도 나쁘지 않을 정도다.

하지만 최창수가 홍보 중인 허니버터 볶음밥은 그 생각을 무참히 깨트렸다.

"이거 진짜 맛있네! 이봐요, 총각. 다섯 개만 줘요."

"전 열 개요! 당분간 점심은 이걸로만 먹어야지."

"오늘따라 식품 매장이 끌려서 왔는데 좋은 음식을 만날 줄이야!"

장사꾼은 최창수 한 명.

하지만 손님은 무려 40명이나 됐다.

그 중 한 명도 빠짐없이 허니버터 볶음밥을 구매했고, 꽉 차 있던 제품 박스는 텅 비기 직전이 됐다.

그뿐 아니라 매장 전체에 맛있는 냄새가 가득하고, 특정 지역에만 사람들이 몰려 있으니 유입되는 고객의 수도 상당했다.

"죄송합니다, 고객님들!"

한창 장사에 혼을 실던 최창수가 소리쳤다.

"준비했던 재고가 전부 소진됐습니다."

"네? 그럼 이제 안 팔아요?"

"에이, 설마. 시식할 거만 없다는 거겠죠. 여기가 대형마트인데 고작 저거 두 박스 밖에 없겠어?"

"창고에 더 있을지 모르겠네요."

최창수가 총괄 매니저를 바라봤다. 진작 온 건 알고 있었지만 이때를 위해 기다렸다.

"매니저님. 허니버터 볶음밥, 창고에 재고 더 있나요?"

"예? 어……."

갑작스러운 질문에 총괄 매니저가 크게 당황했다.

이윽고 자신에게 몰리는 고객들의 시선.

없다고 말했다가는 추가 방문은 없을 것만 같았다.

'어, 어쩌지?! 잠깐 기다리라 말하고 근처 편의점 가서라도 싹 긁어 와야 하나?!'

발주 받은 허니버터 볶음밥은 총 열 박스.

그리고 방금 전 두 박스가 마지막 재고였다.

"매니저님."

고민 끝에 편의점으로 향하려던 순간, 뒤에서 직원이 다가왔다.

"오늘 발주물건 들어올 예정 없었죠?"

"발주? 내일인데 왜?"

"중간에 혼선이 있었는지 내일 들어올 게 오늘 왔더라고요. 돌려보낼까요?"

"……허니버터 볶음밥도 있어?"

"네?"

"오늘 들어온 물건에 허니버터 볶음밥 있냐고!"

"아, 네. 열 박스 정도……."

"가져와! 전부 가져와! 빨리 가져와! 아니다, 나도 갈 테니까 같이 가져오자! 달려!"

총괄 매니저가 바로 직원과 함께 뛰기 시작했다.

"매니저님."

1시간의 영업이 끝나고.

최창수는 매니저를 바라봤다. 그리고 웃으며 말했다.

"선택 잘 하세요."

그 말만 남기고 유유히 주차장으로 떠났다.

홀로 남은 총괄 매니저는 최창수가 시야에서 사라지자 고개를 숙였다.

시야에 들어온 열 두 개의 허니버터 볶음밥 박스.

내용물은 하나도 남아있지 않았다.

"……오뚝이 경영팀이죠?"

그가 후회막심한 목소리로 말했다.

"강남 홈마이너스 총괄 매니저입니다. 진열비 돌려드릴 게요."

· · · ◈ · · ·

최창수가 강남 홈마이너스에서 직접 허니버터 볶음밥을 판매하고 있다.

누군가가 그 사실을 올렸고, 딱히 숨길 사실도 아니라 몇 시쯤에 어느 매장을 방문할 건지 대놓고 공개를 했다.

그 결과 해당 매장 지역 거주자인 사람들이 최창수를 보기 위해 찾아왔고, 허니버터 볶음밥은 순식간에 동이 났다.

중간에 재고가 떨어졌지만 운수 대통령의 힘 덕분에 타이밍 좋게 계속해서 발주 차량이 잘못 들어와 고객의 원성을 사는 일은 없었다.

"죄송하지만 이번 얘기는 없던 걸로 합시다."

벌써 여섯 번째 듣는 말.

박문수는 아픈 머리를 감싸며 휴대폰을 내려놨다.

"죽겠군……."

손가락 사이로 드러나는 눈동자로 모니터를 바라봤다.

이번 주 매출표.

상승하지 않는 롤러코스터 그 자체였다.

언론과 소비자의 비난은 생각보다 강력했고, 주가와 매출은 큰 폭으로 하락했다.

"진문아……."

때마침 호출을 받고 도착한 전진문에게 물었다.

"욕먹은 지 벌써 일주일이다. 개량은 다 끝나 가나?"

"네, 점심 중으로 끝나고 저녁 전에 공장에 보낸다고 합니다. 그런데……."

"또 뭐?"

"푸드푸드 쪽 제품을 똑같이 따라했지만 같은 맛이 나질 않습니다. 그래도 현 상품보다는 맛있습니다."

"그래, 그거면 됐어. 똑같으면 따라했다고 욕이나 더 처먹겠지. 더 맛있어져서 반성하고 있다고 보여주는 게 나."

박문수가 입을 다물고 담배에 불을 붙였다. 그리고 필터까지 타들어 갈 때까지 입을 열지 않았다.

참다못한 전진문이 먼저 말했다.

"대표님. 이제 그만하는 게 어떻습니까?"

"뭘 그만해?"

"푸드푸드 공격 말입니다. 비록 이번 일로 언론의 뭇매를 맞았지만 모든 게 반 년 안에 정상궤도로 돌아올 겁니다. 푸드푸드를 한 번도 꺾지 못한 게 아쉽겠지만 오뚝이는 오뚝이 나름대로 열심히 하면 되지 않을까 생각……."

"그만 말 해."

박문수의 호통에 전진문이 황급하게 입을 다물었다.

"진문아."

"네……."

"사람 변하는 게 참 쉬운 일 같다. 욕심에 잡아먹히는 것도 금방이고."

박문수가 전진문을 바라보며 손짓했다.

"와 봐. 너만 알아야 할 얘기가 있어."

진열대 사건 때 한 번 들었던 말.

이번에야말로 제발 자신 이외에 사람이 알게 되는 일이 없길 바라며 귀를 기울였다.

･･･◈･･･

오뚝이의 매출과 주가는 하락하는 롤러코스터.

반면 푸드푸드와 AG기업은 상승하는 롤러코스터가 됐다.

"대박이군, 대박이야! 3개월 동안 꼼짝도 안 하던 주가가 출장간 사이에 400원이나 올랐어! 전부 최창수 대표님

덕입니다!"

푸드푸드 대표실.

엄병진은 새 장난감을 선물 받은 아이처럼 기뻐했다.

AG기업 역시 주가가 600원가량 상승한 상태. 그뿐 아니라 덩달아 피해 본 최창수를 가엽게 여겼는지 이번 신 의상이 전례 없는 초기 매출을 기록했다.

"제 덕도 있지만, 오뚝이가 스스로 추락한 거죠."

"맞습니다! 아오, 아직도 최창수 대표님에게 전화로 들은 얘기를 생각하면 열이 다 받는군요. 그동안 만년 2인자인게 불쌍해서 살살 해줬더니만 감히 뒤통수를!"

"저희도 당하고만 있을 수는 없죠."

"흠? 무슨 수가 있으신 겁니까?"

"아뇨, 딱히? 서둘러 신제품을 연달아 출시하고 TV광고 시일을 앞당기는 게 최선입니다."

"저희도 진열대를 뺏는 건 어떻습니까? 오뚝이처럼 쪼잔하게 큰 곳만 노리지 말고 작은 곳까지 전부요."

"절대 안 됩니다. 오뚝이가 이번에 욕을 먹는 가장 큰 이유가 바로 깨끗한 시합을 하지 않았기 때문이니까요. 사람 대 사람이었다면 치사한 복수라도 해줬겠지만 기업끼리의 싸움에서는 신중해야 합니다."

"음, 맞는 말이군요."

"오뚝이의 방해가 있었어도 허니버터 볶음밥은 성공적인 매출을 보여주고 있어요. 애간장 타는 건 저쪽이지 저희가 아닙니다. 그동안 하던 대로 하는 게 최고의 수란 소리죠."

"좋습니다. 최창수 대표님 말 따라서 콩고물이 떨어졌으니 이번에도 군소리 없이 따르도록 하죠."

돈에 살고 돈에 죽는 남자 임명진.

그에게 있어 계약 한 달 만에 엄청난 돈을 갖다 준 최창수는 믿음직한 사내였다.

"참, 귀국 선물이 하나 있습니다."

"선물이요?"

"자, 받으시죠."

엄병진이 고급스러워 보이는 케이스를 건넸다.

그 안에는 비싸 보이는 목걸이 하나와 롤렉스 사의 시계하나가 들어있었다.

"……이거 비싼 거 아닙니까?"

"결혼식 때 부조금으로 1천만 원 밖에 못 드린 게 마음에 걸려서 준비했습니다. 본의 아니게 이번 사건을 멋지게 해결해주신 보답처럼 됐지만요."

엄병진이 호탕하게 웃었다.

"참고로 목걸이는 18K순금입니다. 시계는 데이져스트7이라는 놈인데 두 개 다 합쳐도 2천만 원도 안 되니 부담 갖지 말고 편하게 받아주십시오."

"음…… 감사합니다."

엄병진이 딱히 가격에 신경 쓰는 눈치는 아니어서 감사한 마음으로 받기로 했다. 선물을 거절하는 것도 예의가 아니고.

현재 끼고 있는 시계도 340만원 짜리였지만 1100만원짜리 데이져스트하고는 차원이 달랐다.

실제로 시계만 바꿨을 뿐인데 품격이 더 높아진 기분이었다.

'목걸이는 유라나 줘야겠군.'

가격을 듣고 깜짝 놀랄 그녀를 생각하니 미소가 지어졌다.

· · · ◈ · · ·

그로부터 며칠 후.

최창수는 예정보다 훨씬 앞 당겨진 TV광고 촬영 현장에 도착했다.

"깔끔하게 잘 준비했네."

PD와 인사를 나누고 세트장을 바라봤다.

가정집과 흡사한 부엌. 싱크대와 전자레인지, 냉장고. 그리고 식탁이 놓여 있었다.

곳곳에는 AG기업의 의상이 걸려있어 푸드푸드와 동시에 홍보가 가능했다.

"오빠…… 왔어요?"

세트장에 놓인 AG기업 옷을 좀 더 잘 보이게 위치를 바꾸고 있자 등 뒤에서 말소리가 들렸다.

고개를 돌리니 김민희가 서 있었다.

"오, 민희 씨. 오랜만이에요. 요즘 따라 연락이 뜸해서 오늘 안 오면 어쩌나 했어요."

"아하하…… 괜히 오빠 만났다가 또 열애설 돌면 어쩌나 해서요. 그리고 오빠는 이제 유부남이잖아요."

"유부남이면 친한 여동생도 못 만나나?"

"그, 그런가?"

"제 아내는 이해심 넓어서 다 이해해요~ 커피나 한 잔 마실래요?"

"아, 네."

광고 촬영까지는 아직 30분이나 남아 있다.

두 사람은 근처 커피 자판기 옆 의자에 앉았다.

"커피 얻어마셨으니까 뭔가 돌려줘야 하나?"

"300원짜리 커피인데 뭔 보답을 해요. 졸려 보이는데 마시고 잠이나 깨요."

고개를 끄덕인 김민희가 커피를 홀짝였다.

"읍!"

"왜 그래요?"

"뜨거워서요. 모르고 많이 삼켰더니 목구멍이 좌악……."

"어휴, 조심해서 먹어요. 화상이라도 입으면 팬들이 슬퍼할라."

최창수가 주머니에서 손수건을 꺼내 그녀의 입가와 흘린 커피가 묻은 치마를 닦아주려 했다.

제지하려던 김민희는 주변에 아무도 없는 걸 확인하고는

조용히 호의를 받아들였다.

"결혼 생활은 어때요? 남자들이 결혼은 인생의 무덤이라 하던데 벌써 후회막심해요?"

대화 몇 마디로 조금이나마 마음이 편해졌는지 그녀가 다시 예전처럼 가벼운 어투로 물었다.

"아직 한 달도 안 됐는데 벌써 후회할리가요. 행복해요. 퇴근하면 사랑하는 사람이 있고, 매일 같이 그 사람이 해준 밥도 먹고. 가족이 있기에 더 열심히 일할 수 있어 좋고요."

"우와…… 오빠 되게 로맨틱하게 말한다. 근데 시계 바꿨네요?"

"아, 이거요? 푸드푸드 대표님이 선물이라고 줬어요. 이름이 뭐랬지? 데이 뭐시기? 천만 원 조금 넘는다 하더라고요."

"천만 원이요?! 미, 미쳤어! 원래 사업가들은 다 이러고 놀아요?"

"아니에요. 그분이 워낙 씀씀이가 많은 거지. 원래 있는 사람이 더 아껴요. 저 봐요. 비서도 운전기사도 안 두고 혼자서 다 하잖아요."

"그거야 오빠 성격이 원래 그런 거고. 가격 들으니 무서워서 차보지도 못하겠네. 좋겠다, 오빠 자식은. 완전 다이아 수저 물고 태어나는 거 아냐."

"딱히 자식한테 재산 물려줄 생각 없어요. 자기가 잘하면 주는 거고, 못 하면 바닥부터 시작하게 만들 생각이에요."

"와우, 그 말 들으니 좀 무섭네. 자식 얘기 나와서 그런데, 2세 계획은 언제쯤? 오빠 닮았으면 남자건 여자건 외모하나는 훌륭할 거 같은데."

"음……."

숨기는 게 더 이상할 거 같아 사실대로 털어놨다.

"운 좋으면 올해나 내년?"

"내년? 어디보자, 며칠 전에 한 해가 지났으니까……."

손가락을 접으며 계산하던 김민희.

그녀의 눈이 휘둥그레지더니 자신이 더 부끄럽다는 듯 얼굴을 붉혔다. 그리고 최창수의 어깨를 팡팡 때렸다.

"오빠 완전 순딩이인 줄 알았는데 짐승이네, 짐승!"

"하하……."

"자식 낳으면 꼭 보여줘요! 내가 이것저것 선물할게요."

"민희 씨도요."

"난 결혼해서 애 낳으려면 최소 5년은 남았어요~"

열애설 문제로 팬을 잃었던 김민희.

하지만 최창수의 부정 및 결혼 기사 덕분에 등 돌렸던 팬들은 다시 돌아왔다.

덕분에 절정이었던 인기를 아직까지 누리는 중이었다.

"슬슬 촬영시간이네요. 대본은 다 외웠죠?"

"오빠가 직접 부탁한 건데 어떻게 소홀히 하겠어요!"

"그래요. 자, 갑시다."

두 사람은 다시 광고 촬영장으로 돌아갔다.

이윽고 광고 촬영이 시작됐다.

광고 내용은 엄마 역할인 김민희가 정성껏 식사를 준비했지만 남편과 아이들이 맛없다고 짜장면을 시키려 한다. 그때 허니버터 볶음밥을 식탁에 내놓아 즐거운 식사를 하는 걸로 끝이 난다.

2분짜리 짧은 광고지만 촬영이 성공적으로 끝난 건 몇 시간 후였다.

· · · ◈ · · ·

푸드푸드의 허니버터 볶음밥이 쉴 새 없이 조리되고 있는 공장.

그 뒤편 으슥한 장소에 직원 한 명이 정신을 잃은 듯 누워 있었다. 이 추운 겨울날에 옷 한 벌 걸치지 않은 채 말이다.

끼이익.

화장실에서 위생복을 입고 있는 직원 한 명이 나왔다.

그는 정신을 잃은 직원을 바라보더니만 신경도 안 쓰는 듯 공장 안으로 들어갔다.

"왔어?"

직원 한 명이 친하게 말을 걸었지만 대답 하지 않았다. 그저 다른 직원이 어떻게 일을 하나 유심히 지켜보고는 비슷하게 흉내만 낼 뿐이었다.

그리고 주머니를 뒤적거리며 눈치를 살폈다. 마침내 보인 틈. 재빨리 지시 받은 행동대로 움직이고는 공장 출입문 근처를 바라봤다.

음식이 공정되는 공장은 늘 청결에 신경 써야 해서 출입문은 굳게 닫아둔다. 하지만 미세한 틈이 있었고, 이윽고 그 문이 천천히 열리기 시작했다.

"누가 문 안 닫았나?"

옆에 있는 직원이 출입문을 바라봤고, 그곳에는 웬 남자 한 명이 페인트 통을 들고 서 있었다.

그가 씩 웃더니 페인트를 무차별하게 뿌리기 시작했다.

"꺅!"

"저 새끼 뭐야!"

페인트를 뒤집어 쓴 직원들이 소리 질렀다.

하지만 남자는 계속해서 페인트를 뿌리는데 여념이 없었다.

그것만으로도 충분히 혼란스러운데 이번에는 업무를 흉내만 내던 직원이 갑작스레 주머니에서 스프레이를 꺼내 레일 위를 더럽히기 시작했다.

"뭐야, 이 새끼들 대체!"

덩치 큰 직원이 스프레이를 뿌린 직원을 붙잡아 마스크를 벗겼다.

"이 새끼 뭐야! 처음 보는 새끼인데?"

"젠장, 꺼져!"

스프레이 남자가 직원의 가랑이를 강하게 걷어찼다. 그리고는 주변을 난장판으로 만들고는 출입문 쪽으로 달려갔다.

어찌나 빠른지 직원 수십 명이 달라붙어도 잡을 수가 없었다.

"대, 대체 뭐하는 사람들이야? 우리 공장 옷 입고 있던데……."

"우리는 저 새끼들 잡으러 갈 테니까 남은 사람은 더럽혀진 거 닦고 있어요!"

기계 돌아가는 소리가 가득했던 공장이 순식간에 소란스러워졌다.

당장 눈앞에 닥친 상황부터 정리해야하는 직원들. 때문에 몰랐다.

누군가가 창문 너머로 지켜본다는 걸.

· · · ◆ · · ·

신혼부부가 가장 행복한 시기가 언제일까?

바로 신혼이라는 생각이 끝날 때까지였다. 신혼이라는 생각이 유지되는 동안은 계속 행복하다.

그렇다고 신혼생활이 끝나면 불행해지는 건 아니다.

서로를 사랑하는 마음만 있다면 작은 불화는 있더라도 함께 눈 감을 수 있다고 최창수는 생각했다.

"이것도 먹어 봐."

최창수가 포크로 파스타를 돌돌 말았다. 입 앞까지 다가온 파스타, 서유라는 부끄러워하면서도 맛있게 받아 먹었다.

"어때?"

"늘 그렇듯 맛있어. 남자면서 나보다 요리를 잘 하면 어떡하냐?"

"요즘이 조선시대도 아니고 요리에 성별 따질 필요가 있냐?"

"그래도 여자의 자존심이란 게 있지. 저녁은 내가 할게."

서유라가 활짝 웃으며 이번에는 최창수에게 파스타를 먹여줬다.

5일의 고된 노동 끝에 찾아온 달콤한 주말.

예전에는 주말에도 업무를 처리했지만 결혼 후 달라졌다. 적어도 주말만큼은 서유라와 행복하게 시간을 보내고 싶었다.

"참, 그나저나 그거 범인은 밝혀졌어?"

"공장 어지럽힌 놈들?"

서유라가 고개를 끄덕였다.

누군가의 소행으로 공장이 더럽혀진 날.

최창수는 엄병진으로부터 소식을 전해 들었다. 서로 의심 가는 곳이 있으니까.

'심증만으로는 움직일 수 없지.'

이 의심이 확신으로 변할 때까지는 기다려야 한다. 움직이는 건 그때라도 늦지 않는다.

"아직 조사 중이야. 범인 얼굴 본 직원 말로는 학생처럼 보였대."

"그럼 학생이 장난친 거야? 잡으면 어쩔 거야?"

"내 공장이 아니라 푸드푸드 쪽 공장이니까 난 모르지. 아마도 처벌하지 않을까 싶어. 학생이라고 봐줘봤자 좋을 거 하나 없잖아?"

"그래도 가엾다. 부모님한테 엄청 혼날 텐데."

"본인 잘못인데 불쌍할 게 뭐 있어."

최창수가 무뚝뚝하게 대답했다.

예전부터 학생의 잘못이 주 내용인 기사를 보면서 느꼈다. 철없다는 말로 그들의 죄를 너무 가볍게 만든다고. 개중에는 심각한 범죄도 존재했는데 말이다.

정말 가벼운 범죄라면 아량을 발휘할 수 있다. 하지만 큰 범죄는 처벌을 가볍게 했다가는 똑같은 짓을 반복할 가능성이 높다.

'자식이라고 잘못한 것도 감싸고도는 부모도 문제지.'

예전에 있던 일이다.

잘못도 없는 길고양이에게 돌을 던지며 노는 중학생 무리에게 다가가 잔소리를 한 적이 있었다.

때마침 근처를 지나가던 해당 학생의 학부모가 느닷없이 개입하더니만 잘못을 듣고도 아직 어린 애가 그럴 수도 있지, 왜 기를 죽이고 난리냐고 감싸고 돈 걸 직접 봤었다.

문제는 이게 큰 범죄에서도 자주 보인다는 거였다.

"무거운 얘기는 이만하고, 후식으로 뭐 먹을까?"

"어제 토마토 먹던 거 남지 않았어?"

"그래. 닦아서 가져올 테니까 볼만한 영화 있나 둘러보고 있어."

두 사람의 주말은 늘 비슷했다.

아침에 일어나 함께 씻고, 점심을 먹고, 영화를 보고, 저녁에는 번화가로 나가 시간을 보낸다.

늘 같은 일의 반복이었지만 아직까지는 질리지 않고 즐겁기만 했다.

"방금 떠오른 생각인데, 둘이 살기에는 집 많이 넓지 않아?"

"그런가?"

60평 규모의 2층 집.

그동안은 몰랐는데 서유라의 말을 듣고 나니 조금 크게 느껴졌다.

"너 바빠서 나 혼자 퇴근하는 날에는 집이 되게 썰렁하게 느껴지더라. 애완동물이라도 한 두 마리 키울까? 강아지 한 마리, 고양이 한 마리."

"동물도 좋지. 근데 애 생기면 좀 시끌벅적해지지 않을까?"

"언제 생길 줄 알고 기다려."

"이미 생겼을 거 같은데?"

최창수가 장난스럽게 웃으면서 토마토를 식탁에 올려놨다. 서유라는 얼굴을 붉히며 토마토 하나를 입에 쏙 넣었다. 그리고 몇 번 씹더니만……

"읍!"

갑자기 두 손으로 입을 틀어막았다. 왜 그러냐고 묻기도 전에 서유라가 화장실로 달려가 문을 쾅 닫았다.

곧이어 들려오는 토악질 소리.

"야, 서유라! 너 왜 그래?"

"그, 그게…… 우읍!"

"어디 아파? 야, 문 좀 열어 봐!"

"안 돼, 냄새나! 거의 다 끝났…… 읍!"

다시 들리는 토악질 소리. 잠잠해진 건 그로부터 10분 후였다.

"아…… 아직도 속 울렁거려…….'

화장실에서 나온 서유라는 안색이 창백해져 있었다.

"뭐 잘못 먹었어? 아니면 어디 아파?"

"그런 건 아닌 거 같은데…… 사실 아까 파스타 먹을 때도 속이 좀 메스꺼웠거든. 토마토 먹으니까 갑자기 확 올라오네. 요 근래 자꾸 이래."

"요 근래 그렇다고?"

그 순간.

혹시 싶은 게 하나 떠올랐다.

．．．◇．．．

집 근처에 위치한 산부인과.

주말인데도 제법 환자가 많았다.

"서유라 씨. 3진료실로 들어오세요."

"아, 네."

서유라가 자리에서 일어났다. 하지만 걸음을 때지 못했다.

"같이 가줄까?"

"……아냐, 창피하니까 나중에 와."

서유라가 3진료실로 들어갔다.

홀로 남겨진 최창수는 두 눈을 감았다.

'제발.'

몰디브에서 보낸 마지막 날.

하늘에서 반짝거리는 뭔가가 떨어지는 걸 봤다. 그 반짝거림이 자신들에게 찾아왔기를 바랐다.

"저기."

좀처럼 서유라가 나오지 않았고, 참다 못한 최창수는 간접적으로나마 호기심을 잊으려고 나가려던 부부에게 다가갔다.

"죄송한데, 임신하셨나요?"

여자의 배는 서유라와 딱히 다를 게 없었다. 하지만 남편과 대화 나누는 모습이 너무나도 행복해보였다.

"예?"

"아. 이상한 뜻이 아니라요. 제 아내도 그쪽이랑 비슷하거든요. 궁금해서……."

"아아~ 네. 방금 검사 받으니까 임신 4주라고 하네요."

여자가 웃으면서 남편을 바라봤다. 남편의 손이 상냥하게 여자의 배를 쓰다듬었다.

"아내 분이 입덧하셨다면 임신 맞을 거예요."

"진짜죠? 후우…… 감사합니다! 무사출산하세요!"

"네, 그쪽 아내도요."

젊은 부부가 밖으로 나갔다.

때마침 3진료실 문이 열리고 간호사가 말했다.

"서유라 남편 분. 진료실로 들어오세요."

"네."

두근거리는 마음으로 진료실 의자에 앉았다. 바로 옆에는 옷맵시를 다듬는 서유라가 있었는데 무표정이라서 의사가 입을 열기만을 기다려야했다.

"혹시 최창수 씨인가요?"

여성 의사가 고개를 갸웃거리며 물었다.

"네."

"아, 역시나! 아내 분 이름이 서유라라서 혹시 했는데 맞았군요. 결혼하신 지 아직 얼마 안 됐을 텐데 벌써 산부인과까지 오시다니 대단하시네요."

"아하하…… 그래서 어떤가요?"

"임신 5주째세요."

"5주요?! 우, 우와아아아!"

기쁨을 주체하지 못한 최창수가 자리에서 벌떡 일어났다.

"유라야, 들었어? 임신 5주래, 5주! 9달만 더 있으면 애볼 수 있는 거지?!"

"아, 알겠으니까 좀 앉아. 창피해서 진짜……."

"창피하긴 뭐가 창피해! 우리 둘의 애가 생긴 건데! 와! 선생님 애기 성별은 뭡니까? 사진 볼 수 있나요?"

"후훗. 성별은 좀 더 성장해봐야 알 수 있어요. 사진은 여기요."

의사가 컴퓨터를 조작하자 아까 전 검사 때 촬영한 사지 몇 장이 나타났다.

"이거 보이시죠? 두 분의 자식이에요."

"오……."

"입덧이 보통 7주쯤에 와요, 임신 사실도 그때 많이 알고요. 아내 분께서는 빨리 온 케이스라서 임신 내내 많이 힘들 수도 있어요. 그만큼 남편 분이 많이 도와주셔야 해요."

"조언 좀 해주시겠어요?"

의사가 싱긋 웃으며 임신 중 주의할 것, 그리고 좋은 것을 간략히 설명했다. 해당 내용을 종이에 받아 적은 최창수는 잠시 후 기분 좋게 서유라와 함께 밖으로 나왔다.

"유라야."

"왜?"

"세상 정말 아름답다."

늘 보던 풍경.

단지 인생에 있어 중요한 게 하나 더 생겼을 뿐인데도 전혀 다른 풍경처럼 보였다.

그 풍경 속에는 전혀 모르는 사람이 가득했다.

"저기요!"

"네?"

최창수가 난데없이 행인에게 다가갔다.

"제 아내 임신했어요!"

"네……?"

"제 아내 임신했다고요! 여러분! 제 아내 임신했어요!"

최창수가 활짝 웃으며 목청을 높였다.

"야, 최, 최창수! 창피하게 뭔 짓이야!"

"뭐하긴! 이 좋은 소식을 모두에게 알리는 거지. 참, 부모님이랑 외가에도 알려야지!"

최창수가 바로 휴대폰을 꺼냈다.

서유라는 집중된 이목을 분산시키며 그가 전화를 끊기만을 기다려야했다.

"어른들도 엄청 기뻐해! 조만간 축하파티 하자는데, 언제가 편해?"

"아, 아무 때나 좋으니까 흥분 좀 식혀. 아 정말……."

서유라가 손을 파닥거리며 화끈해진 얼굴을 식혔다.

"좋아. 밖에 나온 김에 유아용품 사러 가자."

"뭐? 나 이제 5주야. 아직 성별도 모르는데 뭘 벌써 사."

"미리 사두면 되지! 돈도 많은데 전부 다 사면 되지!"

"돈 있다고 막 쓰는 거 아냐?"

"필요한 데 쓰는 거 막 쓰는 게 아니야."

최창수가 서유라의 손을 확 잡았다. 이대로 있다가는 유아용품 매장을 거덜 낼 게 분명했다.

"아!"

"왜 그래?"

"가, 갑자기 배가 좀 아프네……."

"배, 배가 아파? 안 되겠다, 산부인과 한 번 더 가보자."

"아냐, 아냐. 집 가서 좀 쉬면 금방 좋아질 거 같아. 그러니까 어서 집 가자. 응?"

"음…… 알겠어. 남편이 잘 도와줘야 한다 했으니까. 기다려, 금방 차 갖고 올게."

최창수가 저 멀리 주차장으로 사라졌다.

혼자 남은 서유라는 큰 한숨을 쉬었다.

"에휴……."

앞으로가 걱정됐다.

"대표님, 요즘 되게 기분 좋아 보이시네요?"

담배를 피우고 돌아오는 최창수에게 이소영이 물었다.

"그래 보여?"

"네. 이번 주부터 맨날 웃고 콧노래 부르시잖아요. 로또라도 당첨됐어요?"

"하하! 로또는 무슨. 즐겁게 살면 좋은 거지."

"흐음, 그래요? 참, 그보다 서유라 팀장님 어디 아파요? 요 근래 기운이 없던데. 그에 비해 대표님은 기운이 넘치고…… 아! 혹시 부부싸움해서 이겼어요?"

"야, 내가 애냐? 싸워서 이겼다고 좋아하게. 그게 말이지…… 아니다."

"아, 뭔데요. 난 뭐 말하려다가 관두는 사람이 제일 싫어요."

"아냐, 약속 때문에 그래. 나중에 말해줄 테니까 가서 일해."

최창수가 급하게 대표실로 돌아갔다.

"후우, 이 짓도 힘드네."

책상에 앉은 최창수는 모니터를 바라봤다. 의사로부터 받은 태아 사진은 몇 번을 봐도 행복했다.

마음 같아서는 직원 모두에게 밝히고 싶었다.

하지만 서유라가 그걸 바라지 않았다.

"나도 임신해서 기쁜데 조용히 축복 받고 싶어. 무슨 말인지 알겠지?"

그녀의 부탁 때문에 힘들어도 침묵을 유지해야 했다.

"그래. 밝혀지면 한동안 직원들이 자기 눈치볼 테니까 불편하겠지."

서유라와 약속을 나눴다.

슬슬 배가 불러올 때쯤이면 퇴사하기로.

그때부터는 자신도 업무를 최소화하면서 서유라를 돌봐줄 생각이었다.

"앞으로는 좋은 일만 생겨야 하는데."

당분간은 서유라 이외에는 아무것도 신경 쓰고 싶지 않았다.

하지만 자신은 기업의 대표.

할 일도 해야 할 일도 잔뜩 쌓여 있다.

"기사 몇 개만 읽고 일해야지."

인터넷을 실행해 인터넷 뉴스를 쭈욱 살펴봤다. 하루 일과 중 제법 중요한 일이었다. 사회 및 기업 돌아가는 걸 알아야 그에 맞게 행동하니까.

"음?"

이런저런 기사를 살펴보던 도중, 푸드푸드가 언급된 기사가 시야에 들어왔다.

칭찬이었으면 좋았을 텐데.

제목도 내용도 심상치 않았다.

그리고 마지막 문장을 읽었을 때…….

우우웅.

엄병진으로부터 전화가 걸려왔다.

· · · ◈ · · ·

〈깨끗하다 믿었던 대기업 푸드푸드! 제품에서 이물질 발견! 더불어 공장의 실체까지! 용감한 소비자의 제보!〉

〈오뚝이 때문에 이미지가 상승했던 푸드푸드! 스스로 이미지를 깎다!〉

〈소비자들 푸드푸드 불매 운동의 조짐을 보이다! 푸드푸드의 공식 입장은?〉

사건이 터진 지 아직 3일 밖에 지나지 않았다.

하지만 인터넷 기사 중 상당수가 푸드푸드와 관련된 비판적인 기사였다.

네티즌의 반응 역시 심상치 않았다.

〈푸드푸드 오뚝이 때문에 이미지 존나 좋아지더니만 지스스로 다 깎아먹네 ㅋㅋㅋㅋ〉

〈헐…… 오뚝이 한 번도 사고 없이 그동안 잘 운영해서

좋게 봤는데 초대형사고 쳤네;;;〉

〈여태 저런 공장에서 나온 음식을 먹었던 거야? 우웩,
…… 나 요즘에 건강 안 좋아졌는데 푸드푸드 거 많이 먹어
서 그런 거냐.〉

기사 중 절반을 차지한 공장 내부 사진,.

지저분하게 페인트랑 스프레이가 뿌려진 공장 레일과 바
닥. 그것만으로도 충분히 충격적이건만 바닥에는 음식이
지저분하게 밟혀져 있었다.

당장 피해자인 푸드푸드가 봐도 눈살이 찌푸려지는데,
소비자 입장에서는 비난의 화살을 계속 발사하는 것도 당
연했다.

이것만으로도 충분한 비난거리.

그 비난거리에 기름을 부은 건 바로 페이스북에 게시된
수십 개의 게시물이었다.

〈헐, 허니버터 볶음밥 한 박스 구매했는데 그 중 두 개
에서 돌맹이 나왔어;; 뭐야 이거? 소비원에 신고해야
해?〉

게시물과 함께 첨부된 사진에는 작은 돌맹이 수십 개가
섞인 허니버터 볶음밥이 있었다.

"나쁜 놈의 새끼들……."

푸드푸드 대표실.

냉랭한 분위기 속에서 엄병진이 거칠게 욕을 내뱉었다.

최창수는 대꾸하지 않고 두 눈을 감고만 있었다.

엄병진 입장에서는 그 모습이 답답했다.

기사가 터진 첫 날.

최창수에게 연락해 이 사실을 전했지만 그는 며칠 후 찾아가겠다 말한 하고 전화를 끊었다.

그리고 오늘 찾아왔지만 2시간 동안 인사 이외에는 한마디도 하지 않았다.

"엄병진 대표님."

오랜 시간 침묵을 지키던 최창수가 드디어 말했다.

"누군가에게 원한 살 짓 하셨습니까?"

"없습니다. 제가 경박하다는 건 나이가 있으니 예절은 중시하는 편이니까요."

"그렇습니까? 그럼 개인적인 원한으로 벌어진 일은 아니겠군요."

"계속 입 다물고 있던 이유가 고작 그거 때문입니까?"

"설마요. 그저…… 화를 식히는데 필요한 시간이 이번에는 길었을 뿐입니다."

최창수가 차분한 어조로 말했다.

"사실 제 아내가 이번에 임신을 했습니다. 그 일 때문에 엄청 기뻤고, 언제 갑자기 힘들어할지 몰라서 여유 있던

업무까지 빠르게 처리했습니다. 건강히 출산하기 전까지
는 입을 더 늘릴 생각도 없었고요. 그런데 딱 봐도 오뚝이
의 소행으로 밖에 안 보이는 사고가 발생했습니다. 열 받
는 건 당연하죠. 하지만 이 분노를 풀 대상은 범인이다 보
니 시간이 조금 필요했습니다."

"음…… 납득되니 어쩔 수 없군요."

"감정적으로 행동해봤자 좋을 게 없을 거 같았습니다.
기다리게 해서 죄송하네요."

"아닙니다. 이제 좀 차분해지신 거 같으니 해결책을 찾
아봅시다."

이번 일의 피해자가 푸드푸드뿐이었다면 기사를 본 순간
화를 참지 못해 독단적으로 일처리를 했을 거다.

하지만 AG기업 역시 큰 타격을 받았다.

대표적으로 두 기업의 주가가 3일 만에 큰 폭으로 하락
했다.

"앞에서부터 차근차근 짚어가죠. 공장 관계자들은 뭐라
고 합니까?"

"남성 두 명이 공장을 마구잡이로 더럽혔다고 합니다.
해당 공장 직원이 아닌 건 확인했습니다. 범인의 얼굴을 본
직원 말로는 고등학생으로 보인다 했습니다."

"평소 공장의 위생은 좋았죠?"

"식품 기업인데 공장이 더러우면 말도 안 되죠. 한 달에
한 번씩 직원이 방문해 상태를 체크합니다. 반년에 한 번씩

은 전문 업체를 불러 대청소를 하고요."

"관련 영수증과 사진도 있나요?"

"찾아보면 있을 겁니다."

"좋습니다. 그거면 당장 급한 불은 끌 수 있을 거 같네요. 관련 자료 좀 갖다 주시겠어요? 오늘 바로 푸드푸드 측 입장표명 부터 합시다."

"알겠습니다."

엄병진이 비서를 시켜 관련 자료를 모두 가져오라고 전했다.

기다리는 동안 최창수는 운수 대통령 상점을 실행했다.

〈3단계 사과문의 책을 구매했어요!〉

〈습득한 사과문 작성 실력 : 읽은이 중 80%가 사정을 이해하고 진실 됨을 느껴 분을 삭힘 / 내용과 관련된 증거를 첨부했을 경우 80%이상의 읽은이의 마음을 흔듬.〉

'이런데서 인생 포인트를 사용하게 될 줄은 몰랐지만 어쩔 수 없지. 기다려라, 범인. 원금에 이자까지 쳐서 톡톡히 받아줄 테니까.'

잠시 후.

엄병진이 관련 자료를 싹 다 가져왔다.

"가져왔습니다."

"저도 마침 사과문 작성 끝마쳐됐습니다."

"벌써 말입니까?"

엄병진이 놀랐다.

자신을 글재주가 없다 보니 입장표명과 관련된 글줄을 작성할 때는 임원 모두가 머리를 맞대고 몇 시간이고 회의를 나눠야 한다.

하지만 불과 30분 만에 사과문이 작성됐단다.

'얼마나 잘 썼을지 기대되는군.'

엄병진이 프린트 된 사과문을 받았다.

그리고 놀랐다.

"허……."

사과문에도 작성 방법이 있다.

우선 절대로 변명이 없어야 하며, 잘못을 정확히 파악하며, 신속하게 진실을 담아서 작성해야만 읽은이로부터 정말로 반성하고 있다는 생각을 들게 할 수 있다.

그리고 최창수의 반성문에는 그 모든 게 군더더기 없이 잘 담겨져 있었다.

자칫 공장 위생 변명과 관련된 부분도 함께 제출할 증거 자료 덕분에 변명이 아닌 해명으로만 느껴졌다.

"괜찮은가요?"

"아주 좋습니다……. 이 정도면 소비자들도 사정이 있다 생각하고 잠시 분노를 가라앉힐 거 같군요."

"다행이네요. 시간 끌어봤자 좋을 것도 없으니 바로 올립시다. 컴퓨터 좀 빌릴게요."

최창수가 양해를 구하고 푸드푸드 대표석에 앉았다. 그리고 우선적으로 푸드푸드 공식 홈페이지에 접속해 사과문을 등록했다.

그 뒤 푸드푸드 페이스북과 트위터에도 접속해 같은 사과문을 게시했다.

마지막으로 자신이 트위터와 페이스북에 해당 사과문 링크를 추가해 게시물을 작성했다.

"네, 오 기자님. 저 최창수입니다. 방금 막 푸드푸드 측에서 이번 사건 공식 입장을 표명했습니다. 최대한 빨리 기사로 등록해주시겠어요? 네 고마워요, 다음에 밥 한 번 사겠습니다."

마지막으로 친분 있는 기사에게 도움요청까지.

이 모든 일이 불과 1시간 만에 이뤄졌다.

신속하면서도 정확한 그의 일처리에 엄병진은 혀를 내둘렀다.

'젊은 나이에 성공한 이유가 다 있었구먼.'

최창수와 손을 잡은 이후로 놀랄 수밖에 없는 일이 참 많아졌다.

"입장 표명도 했으니 한동안은 숨통이 트겠군요."

"아뇨, 아직 안심해서는 안 됩니다."

최창수가 엄병진을 바라봤다.

"전 국민의 분노가 식는 건 길어봤자 한 달입니다. 그 사이에 반드시 범인을 발견해 이 누명을 벗겨야마 해요. 시간이 해결해줄 거라 생각하고 얌전히 있다가는 계속해서 불명예스러운 꼬리표가 따라다닐 테니까요."

"어떤 식으로 처리하면 좋겠습니까?"

자신이 생각하는 것보다는 차라리 최창수에게 모든 권한을 위임하는 게 더 빠르면서도 정확할 거 같았다.

"우선 영업방해 명분으로 경찰에 정식으로 수사를 의뢰합시다. 그러면 공장 근처 모든 CCTV를 확인할 수 있으니까요."

"그 녀석들을 잡은 다음에는 자행인지 타행인지 알아내면 되는 겁니까?"

"그렇죠. 자행이라면 일이 빨리 끝나겠지만……."

최창수의 눈빛이 차가워졌다.

"타행이라면 진흙탕 싸움해야죠."

오뚝이를 두고 하는 말이었다.

· · · ◆ · · · ·

늦은 밤.

전진문은 창가에 앉아 서울 도심을 내려다보고 있었다.

계속되는 한숨이 새하얀 연기로 변해 하늘로 올라갔다.

등 뒤에서 그를 지켜보던 그의 딸, 전지민이 걱정스러운 표정을 지었다.

하지만 금세 고개를 젓고 활짝 웃으며 전진문의 등에 매

달렸다.

"아빠, 왜 그래요? 요새 안 좋은 일 있어요?"

"안 좋은 일이라……."

"뭔데요, 뭔데요? 나한테 말해 봐! 수험생이어도 아빠 고민 들어줄 시간은 있으니까!"

"음. 괜히 신경 쓰게 해서 미안하구나."

"아빠가 기운내야 나도 열심히 공부하죠. 한 달 넘게 퇴근하고와서 한숨만 쉬면 나도 신경 쓰여서 공부 못 해요. 그러니까 나 돕는다 치고 속 시원하게 털어놔요, 네?"

"녀석."

딸의 진심을 느낀 전진문이 쓰게 웃었다.

그리고 천천히 입을 열었다.

"지민아. 너는 만약 절친한 친구가 잘못된 길을 걷는다면 어쩔 거냐?"

"응? 음, 글쎄요. 하지 말라고 계속 말리겠죠?"

"그래도 안 된다면?"

"음…… 포기할 거 같아요. 저한테 있어 절친한 친구라면, 걔도 절 절친한 친구라 생각할 거잖아요? 근데 제 말을 안 들으면 누구 말도 안 듣고 자기 생각대로 행동하겠죠."

"그렇구나……."

딸을 바라보던 그의 시선이 다시 창밖으로 향했다.

딸이 말이 맞았다.

스스로 정한 고집은 타인이 설득한다고 쉽게 바뀌는 게

아니다. 결국에는 듣는 척 하고 본인 고집대로 움직이는 게 인간이란 생물이다.

'한 번. 딱 한 번만 더 설득해보자. 이미 많은 길을 걸어 와버렸지만, 아직 되돌릴 수 있어. 이번에도 안 되면…….'

그때는 무엇을 하는 게 좋을까.

이건 그 다음에 생각하고 싶었다.

· · · ◆ · · ·

푸드푸드의 공식입장을 표명했다.

비난의 강도는 낮아졌지만 완전히 사라진 건 아니었다.

잔재가 상당히 많이 남아있던 비난이 완전히 사라진 건 공장이 피해 받은 CCTV 영상을 인터넷에 공개하고 일주 일 후였다.

기업 운영 동안 한 번도 빠짐없이 공장 관리를 했다는 증 거 사진.

반년에 한 번씩 전문 업체를 불러 대청소를 했다는 증거 영수증.

결정적으로 소비자가 가장 믿지 않던 공장 피해 부분은 날짜가 기록된 피해 영상이 사실이라 말해줬다.

푸드푸드 측에는 아무런 잘못이 없다.

"사람 태도가 참, 손바닥 뒤집듯이 바뀌네."

최창수가 쓰게 웃었다.

"신나서 욕할 때는 언제고 우리 잘못이 아니란 게 거의 확실해지니까 바로 찬양하는 것 봐."

사업가로 생활하면서 사람이란 존재에 실망하게 되는 일이 참 많았다.

이번에도 마찬가지였다.

정확한 사실도 모르는 채 마음에 안 들면 무조건 비난한다. 그리고 사실이 밝혀지면 언제 그랬냐는 듯, 혹은 사람이 실수할 수도 있지 왜 자기를 혼 내냐면서 역으로 화를 낸다.

"이런 놈들만 없어도 세상이 더 평화로울 텐데."

하지만 그들을 처벌할 수 있는 법 따위는 없다.

보기 껄끄러워도 할 수 있는 건 그저 무시가 최선이다.

저렇게 사는 놈들은 평생 저렇게 살 게 분명하니까.

무엇보다 현재 자신의 적은 악질 네티즌이 아니다.

우우웅.

휴대폰이 진동했다.

"네, 형사님. 용의자 잡으셨다고요? 고등학생 맞죠? 네, 알겠습니다. 지금 바로 가겠습니다."

정식으로 경찰에 사건을 접수했다.

행운의 조건 세 개를 전부 충족하고 접수한 덕분인지 때마침 해당 경찰서에 경찰청장이 찾아왔고, 평소 최창수의 행실을 좋게 보던 그는 이번 사건을 듣고는 최우선적으로 조사하라고 명령을 내렸다.

그 덕분에 입장 표명을 한 지 일주일 만에 용의자를 검거

할 수 있었다.

"자, 빚 갚아야 할 놈이 누구인지 파악 한 번 해보자."

바로 정장 재킷을 입었다.

그리고 휴대폰을 챙기려 할 때, 한 통의 전화가 또 걸려왔다.

"이 번호는……."

기억에 남아있는, 하지만 반갑지 않은 번호였다.

· · · ◆ · · ·

푸드푸드 본사 근처에 위치한 카페.

전진문은 아메리카노 한 잔가 함께 약속시간이 다가오기를 기다리고 있었다.

"큰일 날 뻔 했군."

무의식중에 내려놓은 아메리카노, 하마터면 중요한 자료가 담긴 서류봉투 위에 놓을 뻔 했다.

이 서류가 조금이라도 젖거나 더러워지면 다짐한 자신의 마음마저도 흔들릴 거 같았다.

딸랑.

우선은 서류를 가방에 넣어 보관하려던 찰나, 카페 문이 열렸다.

"빨리 들어가, 이 새끼들아."

"아, 들어간다고요."

잔뜩 화가 난 표정의 최창수가 한 고등학생의 엉덩이를 걷어찼다. 고등학생은 쓰라린 엉덩이를 매만지며 카페 안으로 들어갔다.

그리고 전진문을 봤다.

"헉!"

마치 귀신이라도 본 듯한 표정이었다.

"얘들이죠?"

전진문을 보자마자 최창수가 말했다.

그의 목소리에는 이미 확신이 담겨 있었다.

"박문수랑 당신이 고용한 훼방꾼 말입니다."

"……맞습니다."

전진문은 부정하지 않았다.

오늘 이 자리에서 자신은 진실 그 자체가 되기로 했으니까.

최창수는 고등학생 두 명이 혹여나 도망갈까 전진문 양옆에 앉혔다.

"용건을 듣기 전에 질문 먼저 하겠습니다."

"얼마든지요."

"고등학생 두 명을 고용하면서까지 푸드푸드 공장을 더럽히고, 현장사진을 언론에 보내 푸드푸드를 공격한 이유가 뭡니까?"

"푸드푸드를 이기기 위해서였습니다."

"이겼습니까?"

"졌습니다."

"패배하고 얻은 게 뭡니까?"

"없습니다."

"오뚝이가 고용한 고등학생 두 명은 법적처벌을 할 생각입니다. 이의 있습니까?"

"……."

이 부분에서 전진문은 입을 다물었다.

"아, 아저씨 왜 말이 없어요!"

"저기요, 형. 저희도 아는 형이 시켜서……."

"닥쳐."

절박함이 가득한 고등학생 둘. 최창수가 싸늘하게 말하자 흠칫하며 입을 다물었다.

"교통법 위반. 영업방해죄. 기물파손죄 등등. 사소한 거 전부 잡으면 죄목만 열 개가 넘는다. 증거 자료도 있고 너희 스스로 인정한 녹음파일도 있어. 학생이라고 봐줄 거란 기대는 버려라."

머리는 식혔지만 이번 일로 인해 서유라를 돌봐주지 못한다는 사실이 남긴 감정은 가슴에 남아있다. 임신한 그녀를 혼자 있게 한 오뚝이를 봐줄 생각이 전혀 없었다.

"이 둘의 처벌을 바라지 않는다면, 그만큼 오뚝이에서 저희에게 걸맞은 뭔가를 줘야합니다. 그런 게 있습니까?"

"……있습니다."

전진문이 서류봉투를 건넸다.

"이번 사건과 관련된 모든 증거자료입니다. 정식으로 법정소송을 걸건, 아니면 조용히 해결하건. 둘 중 뭐가 됐든 우위를 점령할 수 있을 겁니다."

"박문수 대표의 오른팔인 걸로 압니다만, 이제 와서 배신하는 이유가 뭡니까?"

"배신……."

최창수의 말이 비수로 변해 가슴을 꽂았다.

맞다.

현재 자신은 오랫동안 곁을 지켜온 박문수를 배신하고 있다.

마음은 불편하지만, 이거 밖에 방법이 없다는 걸 알고 있었다.

"딸이 한 명 있습니다."

질문과 다른 대답을 했지만 최창수는 묵묵히 듣기로 했다.

"10년 전 아내가 사고로 죽고, 홀로 딸을 길러왔습니다. 그 아이는 제 인생의 전부고, 그 아이의 생각이 곧 제 생각이라 여기고 살아왔습니다. 임원직에서 물러나려고 했을 때도 퇴사 후 할 것부터 정하라는 딸의 말에 고개를 끄덕였고 지금까지 버텨왔습니다."

전진문은 그 날 딸과 나눈 대화를 축약해서 말했다.

"딸 때문에 박문수를 배신한다는 겁니까?"

"정확히 말하자면 배신이라기보다는, 이렇게 해서라도

대표님을 예전 모습으로 돌리고 싶은 겁니다."

푸드푸드가 오뚝이를 추월했을 때도, 정상에서 내려올 기미를 보이지 않았을 때도 박문수는 현실에 순응했다.

하지만 푸드푸드가 AG기업과 손을 잡으면서부터 조급함을 느끼면서 온갖 더러운 수라도 동원해 그 자리를 빼앗으려고 안달이 났다.

"현재 대표님이 포기를 못하는 이유는 조금만 더 하면 이길 거 같다는 생각 때문입니다. 진열대 때도 근소하지만 푸드푸드를 제쳤고, 공장 문제 때도 일주일 동안 푸드푸드를 짓눌렀습니다."

"그리고 그때마다 제가 문제를 해결했죠."

"네. 그 부분에서 대표님은 희망과 절망을 번갈아 느꼈죠."

전진문이 입을 다물었다.

하지만 더 이상 말할 필요는 없었다.

그의 의도를 충분히 이해했으니까.

"희망을 아예 없애면 되는 겁니까?"

"……부탁드립니다."

전진문이 고개를 숙였다.

"오직 그것만이 대표님을 멈출 방법입니다."

딸과 얘기를 나눈 후, 전진문은 최선을 다 해 박문수를 설득했다.

공장 사건까지 푸드푸드는 완벽하게 방어를 해냈다. 만약 이 사건이 언론에 알려지면 오뚝이는 더 이상 부활할 수 없는 위치가 되어버리니 손해가 크더라도 푸드푸드에 입막음을 부탁하자고.

하지만 박문수는 고집을 꺾지 않았다.

심지어 마음에 안 들면 오뚝이를 떠나라고까지 했다.

'욕심이 인간을 망쳤다……'

박문수가 욕심 없는 인간이었기에 신뢰했고 따랐다. 하지만 욕심에 잡아먹힌 현재, 솔직히 말해 계속해서 곁에 남아있을 이유는 없었다.

어떻게든 그를 원래대로 만들려는 건 어디까지나 30년간 쌓인 의리와 정이 있기 때문이다.

"후회하지 않으실 거죠?"

"이미 결정내린 사항입니다."

전진문이 확고함을 담았다.

· · · ◆ · · ·

그로부터 시간이 제법 흘렀다.

오늘은 서울중앙지방법원에서 푸드푸드와 오뚝이의 1심 재판이 펼쳐질 예정이었다.

"차에서 기다려."

조수석에 앉은 서유라에게 말했다.

임신 초기와 달리 현재는 어느 정도 배가 부풀어 올라 있었다.

"정말 같이 안가도 돼?"

"이제 슬슬 걷는 거 힘들다면서. 금방 끝내고 올 테니까 한숨자고 있어. 여기까지 같이 와준 걸로도 충분해."

"으이구, 알겠어. 꼭 이기고 와!"

서유라가 웃으면서 파이팅 자세를 취했다.

"……미안해."

"갑자기 뭐가?"

"힘들 텐데 제대로 신경 못 써줘서. 그래도 이번 일만 끝나면 한가해지니까……."

"바보. 신경 쓰지 마. 회사도 관두고 하루 종일 집에서 편히 쉬는데 힘들 게 뭐 있어? 아침저녁은 네가 차려주고, 점심은 나 때문에 고용한 아주머니가 와서 차려주잖아. 태어나서 지금처럼 편하게 산 적이 없어. 그러니까 미안하단 생각 마."

"그래. 미안하다 말하는 게 더 신경 쓰이게 하는 거겠지. 알겠어, 갔다 올게."

히터가 꺼지면 안 되므로 차키를 꽂아둔 채 문을 닫았다. 그리고 하늘을 바라보며 걸었다.

'하늘 참 맑군. 오늘처럼 중요한 날에 어울리는 날씨야.'

재판 때까지 제법 긴 시간이 걸릴 거라 생각했다.

하지만 전진문이 넘긴 자료가 너무나도 꼼꼼했고, 푸드푸드와 AG기업 법무팀 직원이 밤낮을 지새우며 일을 처리한 덕분에 상당히 빠르게 재판일이 정해졌다.

'뭐. 내 덕이 가장 컸겠지만.'

저번에 친분을 나누게 된 경찰청장.

혹시 하는 마음으로 그에게 친한 판사나 검사가 있냐 물어보자 그는 집안 자체가 그런 집안이라 말했다.

이번 재판에 동원된 판사와 검사는 모두 그 집안사람들.

덕분에 한 달 만에 1심 재판 일을 정할 수 있었다.

'증거자료만 있어도 소송에서 이길 텐데, 중심인원까지 전부 내 편이니 든든하네. 역시…… 난 운이 좋아.'

최창수가 씨익 웃었다.

운이 좋다.

정말 그거 말고는 표현할 방법이 없었다.

'그나저나 박문수 대표도 참 한심하군.'

만약 자신에게 전진문 같은 동료가 있다면?

옆에 있는 것만으로도 든든한 나머지 무슨 수를 써서라도 그를 평생 붙잡아 둘 거였다.

하지만 그는 스스로 동료를 내다버렸다.

'이쯤 되니 오뚝이가 열애설 터트려준 게 고맙네.'

현재 오뚝이가 푸드푸드를 공격한 건 욕심 때문이었다.

자신과 손을 잡았다면 그 욕심은 지금보다 더 컸을 테고 스스로 파멸을 향해 뛰어갔을 거다. 같은 배에 AG기업이 있음에도 말이다.

"최창수 씨!"

법원 근처에 도착하자 수십 명의 기자들과 눈이 마주쳤다. 그들은 너나 할 거 없이 단걸음에 달려와 마이크를 들이대고 카메라 셔터를 누르기 시작했다.

"오늘 오뚝이와 1심 재판이 있는 날입니다만! 소송은 언제부터 준비하셨나요?!"

"오뚝이 측에서는 푸드푸드가 거짓말을 하는 거라고, 이번 재판에서 잃은 명예를 회복하겠다던데 사실인가요?"

"부정부패를 저지르는 기업의 뿌리를 뽑겠다 하셨는데 어떤 식으로 하실 예정이죠?"

마치 동네 시장바닥에라도 온 듯한 소란스러움.

점점 불편해지는 심기가 그의 얼굴에서 드러났다.

"쉿."

그가 손가락으로 가리켰다.

"시끄럽네요."

그 한 마디에 기자들이 모두 침묵했다.

"이 중. 푸드푸드가 오뚝이에게 공격 받았을 때. 푸드푸드를 욕한 기사를 작성한 기자님들은 모두 왼쪽으로 빠져주세요. 한 명도 없다면 모든 질문을 무시하고 제 갈 길 가겠습니다."

최창수의 발언은 모두 특종거리.

특종을 먹고 사는 게 곧 기자였고, 불안해하면서도 많은 기자들이 왼쪽으로 빠졌다.

50명 중 46명이 사정도 모르는 채 푸드푸드를 욕했었다.

"좋습니다. 46명의 질문에는 일절 대답하지 않겠습니다. 자, 남은 네 분. 질문하세요."

"자, 잠깐만! 그런 게 어디 있습니까!"

"어떤 기자를 상대하건 그건 제 마음입니다."

"그, 그건 그렇지만……."

"무엇보다 제가 왜 당신들 질문에 답해야 하죠?"

최창수가 인상을 팍 찌푸렸다.

"제 욕한 사람 배 불려주는 취미는 없습니다."

46명으로부터 고개를 돌린 최창수는 성심성의껏 4명의 기자가 던지는 질문에 대답했다.

그리고 재판 시간이 가까워지자 법원 건물로 들어갔다.

"안색이 좋군."

재판장 출입문 앞.

무표정한 박문수가 서 있었다.

서로 적이 된 시점에서 예의를 지킬 필요가 없어 거칠게 말했다.

"네가 진문이 현혹했냐?"

"그쪽이 알아서 제가 부탁한 것도 현혹이라면 현혹이겠군요."

"나쁜 자식……."

"이제 곧 몰락하실 텐데, 그깟 욕 몇 마디 얼마든지 받아 드릴게요. 자, 하시죠."

최창수가 비아냥거렸다.

한 때는 같은 길을 걸을 뻔한 동료, 또 한 때는 분노의 원인. 그리고 지금은 동정심 밖에 안 드는 인간이었다.

"오뚝이도 우선은 대기업이야. 건드리고 무사할 거 같아? 이미지가 깎일 때로 깎인 기업이 당하고만 있을 거 같냐고!"

"네. 당하고만 있을 거 같네요."

"뭐……?"

"전 안 집니다."

최창수가 재판장 문을 열었다.

"욕심을 더럽게 보여주는 사람한테 말이죠."

쿵.

재판장 문이 닫혔다.

"개새끼……."

홀로 남은 박문수는 고개를 푹 숙였다. 분노를 주체하지 못한 몸은 가여울 정도로 심하게 떨리고 있었다. 이 분노를 어떻게 풀어야 한단 말인가. 풀 수 없다. 계속 간직해야만 한다. 큰소리는 쳤지만 재판 결과 정도는 벌써부터 알고 있다.

"진문아……."

때마침 저 멀리서 전진문이 다가오고 있었다.

'아직 희망은 있어…….'

오랫동안 믿고 곁에 둔 전진문. 비록 그가 이번에는 자신을 배신했지만, 희망을 걸 수 있는 사람이 오직 그밖에 없었다.

하지만.

"죄송합니다."

전진문은 희망에 부응하지 않았다. 그저 자신에게 있어 지옥이나 다름없을 재판장으로 조용히 들어갈 뿐이었다.

심한 허탈함에 욕조차 나오지 않았다.

당장 드는 생각은 단 하나 뿐.

'최창수⋯⋯.'

그를 만나기 전으로 돌아가고 싶었다.

· · · ◈ · · ·

완벽한 증거와 그것을 더욱 효력 있게 만들어주는 인맥까지.

재판 결과는 재판 통지서가 날아왔을 때부터 정해져 있던 거나 마찬가지였다.

"박문수 대표님! 이번 재판 결과는 어떻게 됐나요?"

"표정이 안 좋으신데 설마 패소하셨나요? 안 그래도 진열대 문제로 오뚝이의 명예가 많이 실추됐는데 차후 계획이 어떻게 되십니까?"

법원에서 나오기가 무섭게 들이닥치는 기자들의 질문.

박문수는 아무 말 없이 고개를 푹 숙였다.

경호원이 아니었다면 박문수는 자리를 뜨지 못했을 거다.

"뭐야, 졌나?"

"딱 보니 그런 거 같은데?"

대답 한 마디 없이 차를 타고 떠나는 박문수.

기자들은 고개를 갸웃거렸지만 대부분은 결과를 예상했다는 듯 놀라지 않았다.

박문수의 상대는 최창수였으니까.

그동안 최창수가 보여준 행보를 생각하면 쉽게 예측할 수 있는 결과였다.

"최창수 대표다!"

그때 법원에서 최창수가 나왔다.

박문수와 달리 홀로 당당하게 걸어 나오는 최창수는 위풍당당함 그 자체였다.

"다들 멈추세요."

최창수가 대뜸 손을 들었다.

다가오려던 기자들은 주춤거리며 발걸음을 멈췄다.

"박문수 대표가 재판 결과 말 안 했죠? 제가 대신 말씀드리겠습니다. 그 외 여러분들 할 질문에 먼저 답하겠습니다."

최창수가 웃었다.

"재판은 이겼습니다. 박문수 대표가 항소할 경우 추가 재판이 있겠지만 결과는 바뀌지 않을 겁니다. 이번 일로 오뚝이는 크게 흔들릴 테고, 푸드푸드와 AG기업의 위상은 더욱 높아질 거고 다시 한 번 다진 그 자리를 계속 유지할 겁니다."

최창수는 계속 말을 이으면서 차후 계획까지 전부 얘기했다.

기자들은 최창수의 말을 녹음하고 타이핑하는 것 말고는 할 게 없었다.

어떻게 알았는지 그가 자신들의 궁금증을 전부 해소해줬으니까.

"더 이상 궁금한 건 없겠죠? 그럼 전 이만 가보겠습니다. 임신한 아내가 차에서 기다리거든요."

"아내 분이 벌써 임신하셨나요?"

떡밥을 물었다는 듯 기자 한 명이 다가왔다.

딱히 숨길 필요는 없었다.

"네. 곧 6주됩니다."

"헉! 괜찮다면 아내 분 인터뷰 가능합니까?"

"……기자님."

최창수가 기자를 노려봤다.

"제 아내. 한창 휴식 취해야 할 때입니다. 낄 때 안 낄 때 구분 좀 해주시겠어요?"

"아. 죄, 죄송합니다……."

늘 평온한 사람이 화를 내면 더 무서운 법.

최창수의 웃는 얼굴만 봐왔던 기자는 사나워진 그를 보고는 바로 뒷걸음질 쳤다.

몇몇 기자들은 이 장면을 바로 타이핑했다.

누구보다 더 아내를 소중히 여기고, 아내와 관련된 일은 예민하게 반응한다고.

좋게 포장했으면 했지, 초심을 잃었다는 등 비난하는 사람은 없었다.

아까 전.

자신을 공격했던 기자들의 질문은 일체 받지 않았으니까.

앞으로도 최창수를 자주 볼 기자들은 최대한 그의 눈치를 살폈어야 했다.

'많이 피곤했나 보구나.'

차 문을 열자마자 보이는 건 곤히 잠 든 서유라였다.

'하긴, 요즘 수면시간이 길어졌으니까.'

회사생활을 할 때는 누구보다 부지런했던 서유라.

하지만 퇴사를 한 뒤로는 당분간 푹 쉴 수 있다는 점과 임신 때문에 피곤해져 하루 12시간 수면이 기본이 됐다.

'깨우지 말아야지. 재판 때문에 몇 시간 못 자고 일어났으니까.'

차 시동을 걸고 액셀을 밟으려 했다.

"아……."

그때 서유라가 작게 신음했다.

"더 자지, 왜 일어났어."

"깼어…… 재판 끝났나 보네?"

"응. 준비한 자료가 워낙 꼼꼼해서 금방 끝났어. 점심 먹고 들어갈까, 아니면 집에서 먹을까?"

"집에서 먹자. 부른 배…… 남 보여주기 아직은 창피해."

"별 게 다 창피하네."

최창수가 작게 웃었다.

"그런데 재판 결과 안 궁금해?"

"당연히 승소했을 텐데 뭘 물어봐?"

고개 숙인 서유라가 상냥하게 웃으며 자신의 배를 쓰다 듬었다.

"우리 남편이 얼마나 훌륭한데."

· · · ◈ · · ·

박문수의 자택.

넓은 그의 방은 지저분했다.

거울과 도자기는 위협적이게 산산조각 났고, 옷장에 있어야 할 옷은 쓰레기처럼 널브러져 있었다.

"아……."

지저분한 방에서.

박문수는 침대에 앉아 멍하니 창밖만 바라보고 있었다.

만약 창문으로부터 빛이 안 새어 들어왔다면 그의 방은 완연한 어둠에 잠식되었을 거다.

"오늘도 안 나…… 세상에! 방이 이게 뭐야!"

문을 연 박문수의 아내가 화들짝 놀랐다.

"내가 미쳐! 그깟 재판 진 게 뭐라고 사람이 폐인이 됐어!"

"아……."

"힘 좀 내 봐. 위로해주는 것도 하루 이틀이지, 대기업 대표가 3일 넘게 자리를 비우면 어떡해. 방금도 임원한테 전화 왔어, 당신 없어서 업무가 해결 안 된다고."

"다 끝났어……."

"끝나긴 뭐가 끝나."

바닥에 가득한 파편을 조심스럽게 피하면서 아내가 다가왔다.

"있지, 여보. 기운 내. 물론 욕은 계속 먹겠지만 그것도 몇 년이야. 반성하고 좋은 모습 보여주면 떠난 고객 다 돌아올 걸?"

"아니야……."

"아, 정말! 내가 알던 박문수는 대체 어디로 간 거야!"

기어코 아내가 박문수의 등짝을 쌔게 후려쳤다.

"잘 들어! 나 지금 계모임 있어서 나갈 거야. 당신 욕 하는 년 있으면 머리끄덩이 붙잡고 싸울 거니까. 당신도 힘내서 방 깨끗하게 치워. 저녁에는 오랜만에 애들 불러서 외식하고, 알겠지?"

"그래……."

"아오! 내가 못 살아. 그러니까 왜 괜히 쓸데없는 짓을 해서는."

아내가 화를 씩씩 내며 방에서 나갔다.

다시 혼자가 된 박문수는 고개를 돌렸다.

깨진 거울로 보이는 자신의 얼굴.

고작 며칠 방에만 있었을 뿐인데 수염이 가득하고 볼은 홀쭉해져 있었다.

"아……."

재판 첫 날에는 집에 와서 화도 많이 냈다.

괜한 분풀이로 그동안 마음에 안 들었던 직원에게 일방적으로 해고통보를 내리기도 했다.

하지만 그것도 고작 하루였다.

분노가 가라앉자 찾아온 감정은 허무함뿐이었다.

쪼르륵…….

힘겹게 부엌으로 내려간 박문수가 컵에 소주를 한 가득 따랐다.

"시발……."

술 없이는 도저히 버틸 수가 없는 현실.

도망치고 싶었다.

· · · ◆ · · ·

재판 결과를 담은 기사는 당일 날부터 슬금슬금 기어 올라왔고, 며칠 후에 정점을 찍었다.

"와, 인터넷 뉴스 열 개 중 여덟 개가 재판 기사네."

"대표님 영향력이 엄청나긴 한 가 봐."

점심시간.

사원들은 손에서 휴대폰을 놓지 못했다.

다들 AG기업 사원이란 사실에 자부심을 갖고 있다 보니 비슷한 내용의 기사를 계속 읽어도 질리지가 않았다.

"것 봐, 내가 대표님이 이길 거라고 말했지?"

그 중 유독 즐거워 보이는 사원 한 명이 있었다.

"상대도 제법 잔뼈 굵은 대기업이라서 혹시나 했지. 이럴 줄 알았으면 나도 걸 걸."

"난 걸긴 했는데 얼마 안 걸었어."

"흐흐흐, 대표님 믿고 통 크게 두 달 월급 정도는 걸었어야지."

사원이 휴대폰으로 어느 홈페이지에 접속했다.

화면에 뜬 건 사설 도박 사이트.

그 중 오뚝이VS푸드푸드의 재판 결과로 벌어진 토토가 하나 있었다.

"와, 푸드푸드 쪽이 엄청 많네. 얼마 번 거야?"

"1200만 원 정도? 흐흐, 진짜 대박이다."

"그러게요, 대박이네요."

"헉?!"

방금까지 웃던 사원이 화들짝 놀랐다.

바로 뒤에 최창수가 뒷짐을 지고 서 있었기 때문이다.

"요즘 사설 사이트가 많이 발전했다고 들었는데 이런 것도 종목으로 쓰나 보군요."

"아. 사, 사장님 이건 말입니다!"

"괜찮아요. 남 사생활까지 간섭할 생각은 없으니까요. 잠깐 봐도 될까요?"

"네……."

휴대폰을 받은 최창수가 흥미롭다는 듯 눈을 빛냈다.

'댓글은 양쪽 다 사이좋게 욕먹고 있네.'

졸지에 토토의 종목이 된 건 기분이 묘했지만 썩 나쁜 기분은 아니었다.

물론 사이트 자체가 불법이지만 재판에서 이겼고, 여론도 자신의 편이라 아무래도 좋았다.

"다음에는 저도 돈 걸어야겠네요. 또 있으면 말해주세요."

"하하…… 네."

"그리고 도박에 너무 빠지지 마세요. 가벼운 유흥이면 몰라도 깊이 빠지면 큰일 납니다."

"예, 주의하겠습니다."

사원이 고개를 숙였다.

대표실로 돌아간 최창수는 인터넷을 켰다.

'주가가 떨어질 줄을 모르네.'

저번 주보다 주가가 3천 원가량 더 상승했다. 푸드푸드도 상황은 비슷했고, 당분간은 더 오를 추세였다.

이번 재판으로 AG기업, 그리고 자신의 저력을 확실히 보여줬으니까.

똑똑.

직원이 올린 보고서를 읽으려고 하자 노크소리가 들렸다.

"대표님. 들어가도 되겠습니까?"

"네, 들어오세요."

문이 열리고 비서가 들어왔다.

"보고 드릴 게 있어서 왔습니다. 이번 재판 덕분에 브랜드 이미지가 큰 폭으로 상승했는지 AG명품 음식점과 AG기업 의류매장에서 계속해서 품절이 발생하고 있답니다."

"그래요? 가동 중인 공장에는 수량 늘리라고, 멈춘 공장에는 재 가동해달라고 전하세요. 음식점 쪽은 지원금 줄 테니 수량 상관없이 발주하라 하고요."

"네. 추가로 창고 확인하라고도 전하겠습니다."

"네, 그러세요."

비서가 문을 닫고 밖으로 나갔다.

'일 처리 잘 해.'

원래 경리 두 명만 두고 나머지 일은 전부 혼자 처리했다.

하지만 서유라가 임신했고, 점점 많아지는 업무 전부를 혼자 처리하기 서서히 버거워졌다.

그래서 채용한 비서.

자신과 같은 학번의 최강대 출신 학생이었는데 냉철하면서도 만족스럽게 일을 잘 처리했다.

'조만간 임원 자리도 마련해야겠어. 누가 좋을까?'

인맥은 많다.

하지만 그들은 이미 한 자리 씩 꿰차고 있다 보니 AG기업으로 영입하는 건 힘들 듯 싶었다.

'아직까지는 직원들이 잘 해주고 있어. 굳이 문제가 있다면 경영 쪽인데…….'

경영팀이 일처리를 못한다는 건 아니다.

다들 엘리트에다가 실수하지 말라고 직원을 많이 채용했으니까.

'물 들어왔을 때 노 저어야지. 새 사업아이템을 구상해야 해. 그 일을 쉽게 처리하려면 경영 임원이 한 명 필요하고. 당장 떠오르는 건…….'

"전진문……."

충성심이 있고, 옳고 그름을 가를 수 있고, 일처리가 확실한 사내.

경영 임원으로서의 경력도 상당히 긴 편이었다.

'오뚝이 임원이었다는 게 약간 걸리지만 나쁜 사람은 아니야. 이번 일을 보자면 배신의 가능성도 있지만. 그건 어디까지나 박문수가 잘못했기에 벌어진 일이고.'

자신이 걱정할 건 없었다.

무슨 수로 그를 AG기업 경영 임원자리에 앉히냐가 관건이었을 뿐.

'서둘러야 해. AG기업은 현재 본사 하나만 있어. 그

규모에 비해 성장속도를 엄청나고, 이대로 있다가는 성장을 버티지 못할 지도 몰라.'

운이 좋다고 여길 수밖에 없을 정도로, 모든 게 예상보다 빠른 결과를 내고 있었다.

"전화해보자."

상대가 먼저 올 때까지 기다리는 건 성미에 맞지 않다.

현재라면 전진문을 쉽게 영입할 수도 있다.

우우웅.

전진문에게 전화를 걸려던 찰나, 한아름으로부터 한 통의 전화가 걸려왔다.

"네, 아름 씨."

"대, 대표님!"

수화기 너머로 들리는 다급한 목소리.

한아름의 것이 아니었다.

송근태 현대 판타지 장편소설

두 번째 이야기
안도와 불행

운수 대통령

운수대통령

두 번째 이야기
안도와 불행

최강대학병원.

대한민국에서 최고로 실력이 뛰어난 의사들만 보인 곳답게 오늘도 환자는 많았다.

"실례하겠습니다."

한 사내의 말.

몰래 화장을 고치던 간호사가 바로 고개를 돌렸다.

"한아름 씨 병실이 몇 층에 있죠?"

바람에 휘날린 머리와 거친 숨결.

간호사는 살짝 가슴이 설레었다.

"한아름 씨 병실이요? 어디 보자……."

바로 눈앞에 보이건만, 간호사는 조금이라도 더 최창수를 보고 싶어서 뜸을 들였다.

"4층 402호네요. 괘, 괜찮다면 같이 가드릴까요?"

"괜찮습니다, 수고하세요!"

잠시 멈췄던 두 다리를 다시 움직여 엘리베이터로 향했
다.

타이밍 좋게 엘리베이터 문이 열렸지만 병상에 실린 환
자가 타고 있어서 다음 걸 보내야만 했다.

"아오, 미치겠네!"

왜 꼭 급할 때만 자신을 가로막는 게 생길까?

힘들어도 엘리베이터를 기다릴 시간에 계단을 오르는 게
빠르다.

최창수는 바로 비상계단을 오르기 시작했다.

마침내 도착한 병실 앞.

최창수가 조심스럽게 문을 열었다.

"대표님……."

병실에는 미디어 패션 한석구 대표가 있었다.

"아, 최창수 대표."

"아름 씨 상태는 어떻죠?"

한석구는 대답 대신 자리에서 일어나 한아름의 상태를
보여줬다.

링거를 맞은 채 곤히 숙면 중인 그녀.

새근새근 자고 있지만 식은땀이 흐르고 안색이 썩 좋지
못했다.

몇 시간 전.

최창수는 보육원 교사로부터 한아름이 쓰러졌다는 소식을 들었다.

AG기업에서 대학병원까지는 거리가 제법 되어, 보육원 교사에게 보호자 명분으로 같이 119에 오르라 했고 이 소식을 바로 한석구에게 전했다.

가장 먼저 알아야 할 사람이니까.

"자네가 왔으니 난 이만 가봐도 되겠군."

"아름 씨 눈 뜰 때까지 있으셔야죠."

"아니. 계속 지켜보기 불편해서 그러네. 곧 의사가 와서 원인도 알려줄 테니 자네가 따로 연락주게나."

한석구가 한아름의 이마를 한 번 쓰다듬고 밖으로 나갔다.

'죄책감을 느끼셨나보네.'

한아름이 AG보육원의 원장이 되면서부터 한석구는 의도적으로 그녀와의 거리를 벌렸다.

더 이상 그녀는 혼자가 아니니까.

있을 곳이 생겼고, 지켜야 할 게 생겼다.

한아름은 언제까지고 자신이 감춰야 할 딸이 아니었다.

"아름 씨……."

최창수가 한아름의 옆자리에 앉았다. 그리고 손수건으로 그녀의 이마에 맺힌 땀을 정성스레 닦아줬다.

'별 일 없어야 한다, 제발.'

운수 대통령이 줬던 목표를 자신은 아직 해결하지 못했다.

이대로 영영 목표를 해결할 일이 없었으면 했건만.

"재판 때문에 바빠서 신경을 못 썼더니 바로 아프면 어떡해요. 건강하게 지내기로 약속했으면서."

혼잣말이 이어졌다.

"한아름 씨 보호자 되십니까?"

병실 문이 열리면서 간호사 한 명과 의사가 들어왔다.

의사는 링거 상태를 확인하고 한아름의 맥박을 확인했다.

"맥박은 안정적으로 돌아왔네요. 열도 아까보다는 많이 내려갔고요."

"열이요?"

"네. 응급실에 도착했을 때만 해도 열이 40도 근처였어요. 기력이 많이 약해진 거 말고는 큰 이상은 없어요. 수면 부족이 살짝 있으니 당분간 입원하면서 경과를 지켜보고, 안정을 취하는 게 좋을 거 같습니다."

큰 이상은 없다.

그 말에 최창수는 안도했지만 한편으로는 의아했다.

'어째서 기력이⋯⋯.'

보육원 식사는 한아름, 그리고 원생을 위해서 자신이 직접 식단을 짜고 모든 걸 관리한다.

그뿐 아니라 밤 11시가 되면 전 인원 취침이 된다. 원장은 한아름은 원생의 본보기가 되어야하므로 취침시간을 어긴 적이 없다.

수면부족이나 영양 불균형으로 기력이 떨어진다는 건 있을 수 없다.

"창수 씨……?"

의사가 나가고 얼마 있지 않아 한아름이 힘겹게 눈을 떴다.

"여긴……."

"병원이에요."

"병원……? 아!"

기억났다는 듯 한아름이 짧게 놀랐다.

"아이고, 저도 참. 오후에 애들이랑 놀이터가기로 했는데, 어떡하죠?"

"놀이터는 다른 교사가 데리고 갈 거니까 일어나지 말고 누우세요. 입술 마른 것 좀 봐, 물 좀 마시세요."

"고마워요."

한아름이 잔을 받아 물을 마셨다.

천천히 움직이는 목울대마저도 괜히 불안해보였다.

"피로가 누적됐대요. 요새 무슨 일 있었어요?"

"음, 글쎄요? 식욕이 없고 불면증이 약간 생기긴 했어요."

"……정밀검사 받으러 가죠."

"아, 괜찮아요. 그보다 오랜만에 병실에 있어서 그런가. 좀 답답하네요. 같이 바람이나 쐴까요?"

"기다려요."

밖에 나간 최창수가 휠체어를 끌고 돌아왔다.

"걸을 수 있는데."

"혹시 모르니 안 돼요. 타기 전에 자, 옷 두껍에 입어요."

최창수가 한아름의 옷을 하나 둘 직접 입혀줬다. 야상 지퍼를 끝까지 올리고, 두르고 온 목도리를 그녀의 목에 두르고, 장갑까지 끼웠다.

그리고 휠체어에 태워 병동 밖으로 나갔다.

"안 추우세요?"

슬슬 봄이 올 때가 됐지만 날씨는 아직도 뼈가 시릴 정도로 추웠다.

"전 매일 운동해서 괜찮아요. 추우니까 10분만 바람 쐬고 들어가죠."

최창수가 천천히 휠체어를 밀기 시작했다.

'간병인 한 명 붙이는 게 좋겠지.'

한아름을 바라봤다.

밖에 나온 지 얼마나 됐다고 벌써 얼굴이 붉어져 있었다.

1인실이다 보니 그녀를 혼자 병실에 내버려뒀다가는 위급상황이 터졌을 때 바로 상황을 수습해 줄 사람이 없다.

"계절만 다르지, 그 날하고 똑같네요."

슬슬 돌아갈까 싶을 때, 한아름이 말했다.

"그러게요. 처음 만났던 그 날도, 제가 이런 식으로 아름씨 휠체어를 끌어줬는데."

"그때 창수 씨가 저 보고 엄청 놀랐었죠."

"엄청 병약해 보이는 사람이 나왔으니까요. 아름 씨한테는 참 고마운 게 많아요. 그때 아름 씨가 제게 한 엄청난 투자 덕분에 제가 이 자리에 올 수 있던 거라 생각하거든요."

"전혀요? 창수 씨가 능력 있고 열심히 해서 잘 된 거지. 전 발판 마련해준 거 말고는 없어요."

"그 발판이 컸단 거예요."

"그럼 다행이네요. 흠, 그런데 창수 씨……."

뭔가 말하려는 듯 한아름이 말끝을 흐렸다.

"결혼 생활은 어때요?"

"결혼이요?"

갑작스러운 질문에 당황했지만 그것도 잠시였다.

'결혼에 관심이 생긴 걸까?'

한아름과 제법 오랫동안 알고 지냈지만 이성에 관심가지는 건 오늘이 처음이었다.

'최대한 좋은 점만 어필해야 한다!'

최창수는 결혼을 해서 좋은 점을 전부 말했다.

그 말은 모조리 사실이었다.

실제로 아직까지는 결혼의 단점을 느끼지 못했으니까.

"행복해보이네요."

"그렇죠?"

"네. 얘기하는 내내 정말 행복해보였어요. 좋겠네요, 유라 씨는."

한아름이 저 멀리 바라보며 웃었다.

그 순간 최창수는 싸한 느낌을 받았다.

"전 요즘 쓸쓸해졌어요."

"······보육원도 있는데 왜요?"

"음. 창수 씨가 결혼해서?"

고개 돌린 한아름이 씨익 웃었다.

"창수 씨가 결혼하기 전에는 저랑 자주 놀아줘서 좋았어요. 다음에는 또 언제 놀아줄까, 또 언제 얼굴을 볼 수 있을까. 그때와 달리 지금은 가정이 있잖아요? 그러다 보니 조금 쓸쓸하더라고요."

"아름 씨······."

"불면증이랑 식욕부진의 원인도 사실은 알아요. 삶의 낙이 사라져서 그런 거예요. 보육원이 있지만, 빈자리를 전부 채워줄 만큼은 아니네요."

최창수는 아무런 말도 하지 못했다.

정확히는 할 수 없었다.

설마 그녀가 자신이란 존재를 이토록 크게 생각하는지 몰랐으니까.

"원래는 멀리서 창수 씨를 바라보는 걸로만 만족하려했어요. 막상 잃고나니 후회됐지만요. 요즘은······ 더 이상 살아야 할 이유가 없······."

음울한 말의 연속.

그것은 끝을 맺지 못했다.

"그런 말 하지 마요."

최창수가 뒤에서 와락 끌어안았기 때문이다.

깜짝 놀란 한아름은 커다래진 눈으로 최창수를 바라보며 했지만 안겨있어서 불가능했다.

그래서 바라보는 대신, 그의 손을 어루만졌다.

"이러니까 창수 씨가 문제인 거예요."

그녀의 눈가가 붉어졌다.

"결혼도 했으면서 친절하게 대해주니까, 오해할 수밖에 없는 거잖아요. 있죠, 창수 씨."

자신의 목을 두른 최창수의 손을 천천히 거뒀다. 그제야 최창수와 눈을 마주할 수 있었다.

"이혼, 할 생각 없죠?"

"……미안해요."

"아뇨, 제가 더 미안해요. 심술부려서."

한아름이 다시 고개를 돌렸다.

그 뒤.

두 사람은 말없이 병실로 돌아갔다.

병실은 두 사람의 분위기와 정반대처럼 따스했다.

"오늘은 이만 가볼게요."

"네, 아까 보니까 빙판길 있던데 운전 조심해요."

"아름 씨도 조심해요. 무슨 일 있으면 바로 전화해요. 달려올 게요."

"유라 씨나 잘 챙겨줘요. 임신 중이라면서요."

"……알겠어요. 의사 말로는 일주일은 입원하면서 경과 지켜봐야 한 대요. 내일 중으로 간병인 보낼 테니까 그런 줄 아세요."

"혼자서도 괜찮아요."

"이럴 때일수록 혼자 있으면 안 돼요."

자리에서 일어난 최창수가 병실 문을 열었다.

복도로 한 발자국 나가고, 병실 문을 닫기 직전 뒤를 돌아봤다.

"아름 씨."

"네."

"건강해야해요."

"……."

"무슨 일이 있어도 꼭 건강해야 해요. 아름 씨를 사랑할 수는 없지만, 적당한 선에서는 도와줄 테니까요. 아시겠죠?"

진심어린 최창수의 말.

한아름은 가슴이 시큰거리는 걸 느꼈다. 너무 아파서 참기 힘들 정도로 고통스러웠고, 가슴을 아프게 만들기도 하고 행복하게 만들기도 하는 최창수가 원망스러워졌다.

그럼에도 불구하고 감정은 솔직했다.

"어쩔 수 없네요……."

한아름이 웃었다.

"창수 씨 부탁이라면, 들어줘야죠."

・・・◈・・・

차에 오른 최창수는 기분이 복잡했다.

'앞으로는…… 사람과의 거리를 조금 벌려야겠어.'

워낙 친화력이 좋아서 학창시절부터 모두와 사이좋게 지 냈다.

설마 그게 독이 될 줄은 몰랐다.

모두와 사이좋게 지내고 싶다는 솔직한 감정에서 흘러나 온 무의식 때문에 상처 받은 사람이 주변에 너무 많았다.

그 사람들은 아직도 자신이 주변에 남아있기에 더 미안 했다.

"유라 눈에서 눈물 나올 짓은 절대 하지 말아야지."

그동안은 혼자 사는 인생이었다.

하지만 지금은 서유라.

그리고 뱃속에 아이까지 총 셋의 인생을 자신이 책임져 야 한다.

우우웅.

복잡한 기분으로 액셀을 밟으려 할 때, 휴대폰이 울렸다.

・・・◈・・・

전화를 받고 목적지에 도착하니 벌써 한밤중이었다.

"꼭 이런 날에는 비 내리더라."

차에서 내린 최창수가 우산을 펼쳤다.

한 겨울의 차갑고 거센 비가 거칠게 우산을 두들겼다.

우산만으로는 막아지지 않는 빗줄기를 뚫으며 장례식장 근처로 향했다.

몇 시간 후면 자정이 넘는데도 조문객이 가득했다. 그 중 대부분이 TV에서 한 번쯤 보거나, 혹은 사업가라면 알 수 밖에 없는 인물로 이뤄져 있었다.

'전화 와서 오긴 했는데…… 들어가기 껄끄럽네.'

안 좋은 일은 한 번에 온다더니만.

그 말이 딱 어울리는 오늘이었다.

최창수는 어느 정도 마음을 정리하기 위해서 잠시 밖에서 담배 한 대를 피우기로 했다.

"최창수 대표님."

담배가 필터까지 타 들어갔을 때.

저 멀리서 우산도 쓰지 않아 흠뻑 젖은 누군가가 다가왔다.

· · · ◆ · · ·

빗줄기는 몇 시간 동안 그치지 않고 내렸다.

가로등과 간간히 지나가는 자동차의 라이트만이 빛의 전부인 곳에서 거센 비가 내리니 을씨년스럽다는 말이 딱 어울렸다.

"안 추우세요?"

전진문이 자신을 부른 이후로 한 번도 나누지 않았던 대화.

1시간이 넘는 침묵을 최창수가 먼저 깨트렸다.

근처 주차장에서 내려 우산도 없이 장례식장까지 걸어온 전진문은 흠뻑 젖어 있었고, 워낙 날이 추워 전혀 마르지 않아 감기가 걱정됐다.

"괜찮습니다. 그분에 비하면 이 정도 추위야……."

전진문이 말끝을 흐렸다.

딱히 돌려줄 말이 없었다.

정확히는 할 수 없었다.

'괴롭네…….'

근본적인 잘못은 자신에게 없다.

하지만 간적접인 잘못은 분명히 존재했다.

"사고…… 라고 했죠?"

"네. 음주 운전이라고 하네요. 겨울이라 해도 일찍 지는데 고속도로에서 라이트도 안 키고 운전한 것도 원인이었나 봅니다."

"그렇군요……."

"혹시, 담배 한 대만 주시겠습니까? 딸내미가 냄새 난다 말한 뒤로 끊었는데, 오늘은 날이 날이라 또 땅기네요."

"여기 있습니다."

전진문에게 담배를 건넨 최창수가 라이터를 켜 직접 불을 붙여줬다.

정말 오랫동안 끊었는지 그는 한모금 빨아들이기가 무섭게 심한 기침을 내뱉었다. 그럼에도 한 번 붙잡은 담배는 결코 놓지 않았다.

"누구를 원망하면 좋을 지 잘 모르겠습니다."

"원망 말인가요······."

"당장 떠오르는 건 많습니다. 대표님의 사과를 받아주지 않고 푸드푸드와 손을 잡은 최창수 대표님이 시발점이 됐을 수도 있고, 아니면 대표님을 바꾸고자 제가 내렸던 결단이 잘못된 걸 수도 있죠. 음······. 아니네요."

곰곰이 생각할 필요도 없이 잘못 말했다 생각했는지 전진문이 바로 고개를 숙였다.

"원망의 대상이 필요했나 봅니다. 굳이 따지자면 피해자인 최창수 대표님에게 괜히 뭐라고 했네요. 죄송합니다."

"아뇨, 이해할 수 있습니다."

"자신을 살인자로 몰아가는 건데, 이해하시면 안 됩니다."

"······그래도, 박문수 대표가 그전에는 좋은 사람이긴 했나 봅니다."

무거워지는 분위기를 환기시키려고 말을 돌렸다.

"갑작스러운 장례식에다가 이 늦은 시간인데 이렇게나 많은 사람이 찾아오고요."

"좋은 분이었죠······. 늘 푸드푸드에게 밀리는 걸 마음에 걸려하셨지만 깨끗한 분이셨습니다. 중소기업일 때부터 직원들 월급 꼬박꼬박 챙겨주고, 일 잘하면 상여금도 잘 주고. 좋은 리더였죠. 하지만 대표님도 결국은 사람이셨습니다."

전진문이 필터까지 타 들어간 담배를 바닥에 버렸다. 밟을 필요도 없이 물웅덩이에 빠진 담배는 천천히 불씨를 잃어갔다.

"그동안 많이 참고, 또 힘드셨나봅니다. 그 총명하시던 분이 한순간의 분노를 못 이겨 그릇된 선택을 했으니까요."

"그랬군요……."

푸드푸드 3연구실에서 권경수를 포함한 직원들이 가졌던 그 감정.

열등감.

박문수 역시 후발주자인 푸드푸드로부터 열등감을 가지고 있었다.

그걸 표출하는 방법과 결과가 현재의 결과를 가져온 것.

적당하지 못한 열등감은 심각한 독이 되어 박문수의 생명을 갉아먹었다.

"어쩌면 늦건 빠르건 이렇게 될 예정이었을 지도 모릅니다. 그러니까, 절대로 죄책감 가지지 마세요. 저 같아도 결혼한 몸인데 타 연예인과 열애설을 터트리면 얼굴도 보기 싫었을 겁니다. 그 후 대표님이 했던 짓은 정말 최악이었고요."

"네……."

"그리고 자기 위안을 해보자면⋯⋯. 제가 굳이 대표님을 배신하지 않았어도, 최창수 대표님이 증거를 싹 다 모아서 대표님의 목을 조였겠지요. 그 사이 대표님은 어떻게 해서든 수습하려고 더 한 짓을 했을 테고요. 회장님이 푸드푸드를 공격한 시점에서, 결과는 정해져 있던 겁니다."

자신의 잘못이라 말하는 건지.

아니면 최창수의 잘못이라 말하는 건지.

그것도 아니면 서로의 잘못, 혹은 박문수에게 잘못이 있다는 건지 좀처럼 감 잡기가 힘들었다.

"저희 대표님 때문에 마음고생 심하셨죠? 대신 사과드리겠습니다."

"전진문 임원님도 그간 고생 많으셨습니다."

대화의 끝으로는 약간 이상한 마무리.

그걸 마지막으로 두 사람은 동시에 자리에서 일어나 장례식장 안으로 향했다.

"육개장이라도 한 사발 드시겠습니까? 겸사겸사 소주도."

"아뇨, 아내가 임신 중이라서요. 저는 부조금만 내고 돌아가겠습니다."

최창수가 흰 봉투를 집어 부조금을 넣었다.

'뭐라 쓰면 되지⋯⋯.'

상을 당한 사람에게 전할 말은 많이 있다.

그 중 어떤 게 자신이 박문수에게 전할 말로서 어울릴 지 생각해봤다.

부의(賻儀)!

상을 당한 곳에 보내는 돈이나 물품을 가리키는 뜻.

이것 말고는 모든 말이 위선에 불과했다.

"제가 올 수 있는 건 딱 여기까지 같습니다."

"예. 대신 전해드리겠습니다."

부조금을 건네받은 전진문이 힘없이 장례식장 안으로 향했다.

바로 걸음을 때리던 최창수는 두 발이 묶이고 말았다.

"아이고, 여보……!"

한 여성의 비통한 외침.

고개를 돌리니 검은 소복을 입은 박문수의 아내와 자식이 보였다.

머리는 산발이 되고, 얼마나 울었는지 눈시울은 끔찍할 만큼 붉어져 있다.

최창수는 그 모습을 넋 놓고 바라보게 됐다.

그리고…….

"너……!"

박문스의 아내와 눈이 마주쳤다.

"최, 최창수 이 새끼! 여기가 어디라고 네가 와!"

순식간에 다가온 박문수의 아내가 면전에서 윽박을 질렀다. 하지만 최창수는 인상을 찌푸리는 것 말고는 아무것도 못 했다.

"잘 됐다, 너 이 자식! 나한테 좀 맞자, 맞아! 너 때문에 내 남편이! 내 남편이, 이 못된 자식아!"

박문수의 아내가 최창수의 멱살을 붙잡았다. 하지만 힘이라고는 전혀 느껴지지 않았다. 붙잡는 것조차 힘겨워 할 만큼, 그녀는 지쳐버린 거다.

하룻밤 사이에 남편이 사라진 걸.

남편이 기운을 차릴 때까지 자리를 지키지 않은 자신이 원망스러웠고, 잠시나마 편해지고 싶은 찰나에 최창수와 눈이 마주쳤다.

"사, 사모님! 이러시면 안 됩니다!"

소란을 알아챈 전진문이 바로 달려와 그녀를 말리기 시작했다.

"왜 최창수 대표님께 그러십니까! 이 분은 잘못 없어요!"

"잘못이 없긴 뭐가 없어! 어! 우리 남편이 한 번이라도 좋으니 너희를 이기고 싶어서 그런 건데! 그걸 꼭 죽기 살기로 보복해야 마음이 편했냐!? 그랬냐고, 이 못된 새끼야! 나쁜 새끼……."

안 그래도 지친 상태로 잔뜩 화내고 소리를 질러서 그럴까.

두 다리에 힘이 풀린 박문수의 아내가 바닥에 주저앉았다. 흐르는 눈물은 멈출 줄 몰랐고, 최창수는 천천히 주변을 둘러봤다.

이게 무슨 소란인가 싶은 의문 섞인 시선 사이에서 최창수는 분명히 느꼈다.

자신을 원망하는 사람이 있다고.

"······죄송합니다. 정말······ 죄송합니다."

그 말만 남기고, 최창수는 도망치듯 자리를 떴다.

우산꽂이에 꽂아둔 우산을 챙기지도 않고, 아직까지 내리는 거센 빗줄기를 뚫으며 차에 올라타 급하게 시동을 걸었다.

신호가 바뀌지 않았음에도 바로 액셀을 밟아 도로 위를 질주하기 시작했다.

멀어져야 한다.

저곳으로부터 한 시라도 빨리 멀어져야했다.

우우웅.

슬슬 호흡이 가다듬어지고, 정신이 차분해지기 시작할 때쯤.

휴대폰이 울렸다.

때마침 신호에 걸려 최창수는 휴대폰을 확인했다.

〈축하합니다, 운수 대통령님! 목표를 달성하셨네요!〉

〈운수 대통령님의 따뜻한 말 한 마디 덕분에 한아름은 더 이상 나쁜 마음을 가지지 않을 게 분명해요! 말 한 마디가 사람을 살린다, 정말 멋진 일 아닌가요?〉

〈보상 : 소원 게이지 100%〉

"……그나마 반가운 소식이네."

괴로운 순간, 운수 대통령이 전달한 소식은 무거워진 마음을 그나마 편하게 만들어줬다.

하지만 그것도 잠시.

우우웅.

휴대폰이 한 번 더 울렸다.

최창수는 조심스럽게 운수 대통령 소식을 확인했다.

〈축하합니다, 운수 대통령님! 목표를 달성하셨네요!〉

〈지금…… 기분이 어떠세요?〉

〈보상 : 소원 게이지 40%〉

"으아아아아!"

휴대폰을 쥔 최창수의 손이 거칠게 허공을 휘저었다. 뒷좌석으로 날아간 휴대폰이 바닥에 떨어졌지만 주울 생각은 들지 않았다.

빵빵!

전진할 걸 재촉하는 경적소리가 도로를 가득 메웠다.

· · · · ◆ · · · ·

〈오뚝이 대표 박문수! 음주운전으로 인한 사망! 악행을 저지른 대가인가?!〉

〈대표가 사라진 오뚝이의 차후 행보는?!〉

〈무섭게 떨어지는 오뚝이의 주가! 새 후계자는?〉

〈근간이 심하게 흔들리는 오뚝이! 과연 이대로 비극의 길을 걷게 될 것인가? 강제 해고된 직원은 누가 책임질 것?〉

오뚝이의 대표인 박문수의 죽음은 사회에 큰 논란거리가 됐다.

논란의 주제는 대부분 비슷했다.

박문수가 천벌을 받았다는 등, 앞으로 오뚝이는 어떻게 이 난관을 헤쳐 나갈 것이냐는 등.

네티즌과 오뚝이의 주식을 구매한 사람도 하나 같이 차후 오뚝이의 행보를 걱정할 뿐이지, 박문수의 죽음을 애도하는 이는 극히 일부였다.

"시발……."

타인의 죽음이 단순한 흥밋거리가 되어버린 이 시대.

최창수는 욕이 저절로 나왔다.

그리고 무엇이 실수였는지 생각해봤다.

'난…… 실수한 게 없어…….'

늘 해왔듯이 해왔다.

동료는 지키고, 적은 가차 없이 응징했다.

그 과정에 실수는 없었다. 대신 결과가 전혀 예상치 못한 방향으로 뛰어갔다.

"힘 내……."

나란히 침대에 앉은 서유라가 슬픈 얼굴로 최창수의 손을 잡았다.

"창수 너는 잘못 없어……."

어제 밤늦게 돌아오고, 그토록 중요하게 여기던 회사 업무까지 빼먹고 집에 있는 최창수가 걱정됐다.

"정말…… 난 잘못이 없는 걸까?"

"없어. 정말로 없어. 창수 너는 평소처럼 했을 뿐이잖아? 잘못은 오히려 저쪽에서 했어. 그리고…… 박문수 대표는 어디까지 음주운전으로 인한 사고로 죽은 거지. 창수 네가 죽인 게 아냐. 그러니까 죄책감 가지지 마. 이럴수록 너만 힘들어져."

"나도 알아…… 아는데."

"야, 최창수."

그동안 단 한 번도 보지 못한 최창수의 패닉.

서유라는 무의미한 위로보다는 강경책이 낫다 싶어졌다.

"자꾸 애한테 이런 모습 보여줄 거야?"

"애……."

"그래, 이 바보야! 나 몇 달만 더 있으면 출산해! 네가 그토록 보고 싶어 하던 우리 둘의 애가 태어난다고! 태아는 산모의 감정을 함께 공유한다고 했어. 네가 이렇게 불안해하면 나도 불안해져. 그럼 애한테도 안 좋고. 사고로 생긴 일 때문에 계속 죄책감 가지고 힘들어하는 모습 애한테 계속 보여줄 거야? 무사히 애가 태어나도 계속 그럴 거냐고."

"그건……."

최창수가 서유라를 바라봤다.

화가 난 표정.

천천히 고개를 숙여 그녀의 배를 바라봤다. 임신 사실을 알았을 때하고는 비교도 안 될 만큼 많이 변해 있었다.

"아니지……."

"그치?"

"응."

"그래, 알겠으면 어서 출근 준비하자. 이럴 때일수록 더 많이 일하면서 잡생각 지워야 해."

힘겹게 침대에서 일어난 그녀가 장롱에서 양복을 꺼내왔다.

양복을 입자 그녀가 넥타이를 매줬다.

말없는 그녀를 보며 최창수는 생각했다.

'그래…… 감정에 취해있을 때가 아니지.'

자신은 평범한 사람이 아니다.

한 대기업의 대표.

그리고 한 가정의 기둥이다.

감정에 흔들린다는 건 곧 자신이 지켜야 할 모든 게 흔들린다는 것.

'이럴 때일수록 더 정신 바짝 차려야지!'

출근 준비를 마친 최창수가 현관으로 향해 구두를 신고 문을 열었다.

"고마워."

"뭐가?"

"정신 차리게 해줘서. 정말, 너랑 결혼해서 다행이다."

"바보."

서유라가 최창수의 등짝을 강하게 후려쳤다. 그리고 활짝 웃으며 말했다.

"돈이나 많이 벌어와."

· · · ◇ · · ·

그로부터 시간이 제법 흘렀다.

서유라 덕분에 어느 정도 정신을 차린 최창수는 다시 자신의 힘에 어울리는 자리로 돌아왔다.

'인터넷 뉴스는 죄 다 비슷비슷하네. 조만간 신문 구독이라도 해야 하나.'

아침에 출근 후 업무에 들어가기 전, 최창수는 늘 1시간 동안 뉴스를 확인한다.

대한민국의 사건사고를 알아야 하니까.

사업 역시 유행에 민감한 업종이다.

이 사회가 무엇을 원하는지, 고객은 무엇을 원하는지.

그것을 정확히 캐치해서 기존 사업에 접목시키거나,

혹은 새로운 사업을 추가해야만 기업으로서 승승장구 할
수 있다.

"오뚝이 기사는 아직도 보이네."

마우스를 클릭했다.

〈오뚝이 前대표 박문수 사망 2주일. 아직도 정해지지 않
은 후계자! 임원끼리의 격렬한 파벌 싸움은 언제까지?〉

기사 내용은 제목이 전부 말해주고 있었다.

'다들 대표 자리에 눈이 멀었다 했지.'

박문수가 죽고, 전진문은 스스로 오뚝이 경영임원 자리
에서 물러났다.

더 이상 그곳에서 지켜야 할 것도 없었으며, 괜한 파벌
싸움에 끼어들기 싫다는 게 그의 뜻이었다.

〈박문수를 죽음으로 몰아간 두 기업! 공식 발언은 여태
묵묵부답?〉

연결되는 기사의 제목이었다.

〈그러게. 이번 재판 AG기업이 주도했다면서? 조금만 봐
주지, 뭘 그렇게 쌔게 나가서는;;〉

〈AG기업은 욕심에 눈 먼 적 한 번도 없나보다ㅋㅋ

살다보면 이기고 싶어서 나쁜 짓 할 수도 있지 으휴. 최창수 새끼 착한 척 할 때부터 보기 싫었어.〉

마지막 댓글을 본 최창수는 바로 법무팀으로 전화를 연결했다.

"네. 회사 메신저로 기사 링크 하나 보내드릴게요. 맨 마지막에 있는 댓글 작성자 고소 준비해주세요."

용건만 간단히 전하고 전화를 끊었다.

그리고 혀를 찼다.

"항상 착하게 살았고 욕심에 눈 먼 적 없단다."

이 세상 누구보다 올바르게 살아왔다고 자신있게 말할 수 있다.

그 뒤에도 최창수는 계속해서 댓글을 읽었다.

그 중 심각한 악플은 전부 법무팀에 넘겼고, 그 외에도 발견하는 족족 법적 절차를 밟으라고 전했다.

기껏 뿌리를 뽑았던 악플이 슬금슬금 보이고 있으니까.

'이제는 괜찮다……'

댓글을 읽는 내내 기분은 언짢아졌지만 마음은 불편해지지 않았다.

마음을 다 잡았으니까.

'난 잘못되지 않았어.'

서유라의 위로에 힘을 얻은 날.

곰곰이 자신의 잘못을 생각해봤다.

그 당시에는 감정에 취해 죄책감을 느꼈지만, 감정보다 이성이 더 강해지니 생각이 바뀌었다.

'여기서 멈추면 내 30년 인생을 부정하는 게 돼.'

무엇보다 자신의 뚜렷한 신념은 이 정도로 쉽게 꺾일 정도로 나약하지 않다.

'모든 상황을 냉정히 바라보자.'

그 냉정을 찾으려면 잡생각이 없어야 한다. 최창수는 밖에 나가 담배에 부정적인 모든 걸 담아 내뱉었다.

두 대를 연달아 피자 머리가 말끔해졌다.

"자, 이제 일 하자!"

대표실로 돌아온 최창수는 운수 대통령을 실행했다.

〈트로피 달성률 : 92%〉

이번에 오뚝이와 엮이면서 정말 많은 일을 겪었다. 덕분에 많은 트로피를 획득할 수 있었고, 정식판까지 고작 8% 남지 않았다.

'트로피를 처음 획득한 게 20살 때였지. 올해 정식판을 획득하면 10년이나 걸린 거네.'

길었던 만큼 달성했을 때의 짜릿함은 엄청날 거 같았다.

〈소원 게이지 : 460%〉

이번에는 소원 게이지를 확인했다.

'그 많은 일을 겪고 이제 460%. 정식판이었어도 920% 인가. 아름 씨가 없었다면 캄캄할 뻔 했어.'

휴대폰을 어루만졌다.

"소중히 잘 써야해."

소원 게이지를 모으면서 잃은 것도 얻은 것도 많다.

그리고 그 모든 건 타인이 준 것.

이 소원 게이지는 단순한 수치가 아닌, 그들의 인생과 마음이 담겨 있는 소중한 물건이었다.

'강대한 힘에는 그만큼의 대가가 따르는 건가.'

처음에는 그저 좋기만 하던 운수 대통령.

요즘에는 간혹 부담스러워지기도 했다.

하지만 그 부담도 고스란히 자신이 감당해야 할 것.

감당하지 못하면 고등학생부터 꿈 꿔 지금까지 쉬지 않고 달리게 해 준 목표가 의미 없어진다.

최창수는 운수 대통령 기능 모음 란을 클릭했다.

"이게 전부인가?"

트로피 달성률이 80%가 되면서 정식판의 기능 일부가 해금됐다.

바로 확인하려다가 일에 치여 까맣게 잊어 오늘에야 확인하게 됐다.

〈운수 대통령 첫 번째 기능!〉

〈목표 설정 : 한 달에 한 번 스스로 목표를 설정할 수 있어요. 달성 난이도에 따라 보상이 달라져요.〉

〈주의 : 목표를 달성해야만 남은 일수가 초기화돼요.〉

〈운수 대통령 두 번째 기능!〉

〈트로피 판매 : 획득한 트로피를 판매할 수 있어요. 트로피에 담긴 추억이 얼마나 소중하냐에 따라 가격이 달라져요.〉

〈주의 : 판매한 트로피에 담긴 추억은 운수 대통령님의 기억 속에서 사라져요.〉

〈운수 대통령 세 번째 기능!〉

〈추억 다이빙 : 정식판이 되면 공개돼요!〉

새로 추가된 기능은 총 세 가지.

비록 수는 적었지만 하나 하나가 가진 힘은 엄청났다.

'운수 대통령의 기본 베이스는 인생 포인트로 내 능력을 강화할 수 있는 거고, 이 기능은 그 능력을 더 빨리 강화할 수 있게 도와주는 거구나. 그런데……'

최창수가 머리를 긁적였다.

"패널티가 거슬리네."

우선 첫 번째 기능.

한 달에 한 번 밖에 사용하지 못하고, 최대한 많은 보상을 얻으려면 목표의 난이도를 높여야 한다.

'난이도가 높을수록 달성하기 힘들어지겠지. 만약 한 달을 오버하면 그 달은 이 기능을 사용할 수 없어.'

안정적으로 기능을 사용하냐, 도박을 하냐.

그건 그때의 다급함에 따라 달라질 듯 싶었다.

이번에는 두 번째 기능을 봤다.

"이건…… 진짜 급하지 않으면 사용하지 말아야겠어."

트로피를 판매하면 추억이 사라진다.

그건 곧 자신의 일부를 팔아치운다는 것.

"……얼마나 주는지만 볼까?"

호기심에 이끌려 트로피 판매를 눌렀다.

〈판매할 트로피를 드레그해서 네모 칸에 올려주세요!〉

'어떤 게 좋을까?'

우선은 현재 잘 기억도 안 나는 추억 트로피를 올렸다.

〈판매할 추억 : 첫 상하차의 추억 트로피〉
〈매입 가격 : 인생 포인트 +2 / 소원 게이지 3%〉

"이게 소원 게이지를 3%나 줘?"

여태껏 달성한 목표 보상이었던 소원 게이지.

한아름의 것을 제외하면 평균이 10%밖에 되지 않았다.

근데 기억도 안 나는 상하차가 소원 게이지를 3%나

130 운수
대통령

주다니.

"그, 그럼 이건?"

현재의 자신에게 가장 중요한 추억.

조심스럽게 그걸 올려뒀다.

〈판매할 추억 : 첫 결혼의 추억 트로티〉

〈매입 가격 : 인생 포인트 +500 / 소원 게이지 2500%〉

"……두 번째는…… 절대 쳐다보지도 말아야겠네."

한 순간.

결혼에 맞먹는 추억 트로피를 두 개만 팔면 지금 당장 목
표를 달성할 수 있다는 유혹에 빠졌다.

"조급해 하지 말자. 급할 필요 없어. 이대로 열심히 달리
면 언젠간 이룰 꿈이야."

두 번째 기능은 인간의 욕심을 저울질하는 물건이었다.

"추억 다이빙이란 건 잠금 상태네."

세 번째 기능은 정상적이길 바라며 소원 게이지 항목으
로 돌아갔다.

"쓰자."

고민 끝에 내린 결론이었다.

'보상을 온전하게 받으려면 정식판이 되어야 해. 그전까
지는 목표를 달성해도 손해지. 그럴 바에야 한시라도 빨리
트로피를 모아서 정식판으로 만드는 게 나.'

소원 게이지를 사용한 소원은 미리 정해됐다.

"대박 날 사업 아이템을 알려줘."

현재의 자신이 가장 빠르게 많은 트로피를 획득할 수 있
는 것.

동시에 목표에 가까워지는 소원이었다.

〈필요한 소원 게이지를 계산중입니다.〉

〈잠시 기다려주십시오.〉

"또 저번처럼 오래 걸리겠지."

똑똑.

느긋이 기다리려 하자 노크소리가 들렸다.

"대표님. 보고사항이 있습니다."

"현재 AG기업 천안지사 토지가 확보됐습니다."

"알겠어요. 건설은 철강산업에 맡길 거예요. 그쪽에 얘
기하면 알아서 잘 할 테니까 연락해서 일정 전하세요."

"네. 그런데 이 지사는 어떤 용도로 사용하실 건가요?"

현재 AG기업의 종목은 패션과 요식업.

그 모든 일을 강남 본사에서 처리하고 있다.

현 상태로 지사를 늘려봤자 인력낭비 돈 낭비였다.

"생각 중이에요. 지사 완공되려면 제법 걸리잖아요? 그
전까지 결정해서 빠르게 스타트 끊으려고 미리 준비해두는
거예요."

"아, 그렇군요."

"참, 그리고 전진문 임원은 어떻게 되어가나요?"

오뚝이 경영 임원에서 물러난 전진문.

들기로는 집에서 무료한 나날을 보내고 있다 했고, 이 틈을 타 그는 전진문에게 AG기업 경영 임원 제안을 건넸다.

"얼추 마음을 정한 거 같습니다. 통화 중에 백수 아빠는 싫다는 따님 분의 외침이 들렸는데, 따님 때문에라도 오실 거 같습니다."

"다행이네요. 지사가 완공되기 전에 중요한 임원은 전부 구해야 했는데."

"네. 추가 사항 생기면 연락드리겠습니다."

"늘 열심히 일 해줘서 고마워요."

"아닙니다. 맡은 일이니 열심히 해야죠."

비서가 고개를 숙이고 밖으로 나갔다.

우우웅.

휴대폰이 진동했다.

'벌써 끝났나? 빨라서 좋네.'

운수 대통령을 확인했다.

〈운수 대통령님의 소원 달성에 필요한 소원 게이지는 400%입니다.〉

"보유한 게이지로 이룰 수 있네."

바로 소원 게이지 사용 버튼을 눌렀다.

〈소원을 이루는데 필요한 소원 게이지를 소모 중입니다. 소원 스타일에 의해 운수 대통령님이 바라는 소원은 운수 대통령이 직접 알려드립니다.〉

운수 대통령 정중앙에 있던 400이란 수치가 무서운 기세로 쫙쫙 깎이기 시작했다.

이윽고 그 숫자가 0이 됐을 때.

〈이번에 운수 대통령님의 인생을 더욱 풍요롭게 해줄 사업은 바로 자동차 산업입니다!〉

"자동차?"

이건 또 정말 뜻밖에 물건이었다.

'자동차. 철강산업도 자동차 쪽에 일가견이 있고, 그 외 한국에서는 두 곳이 자동차 산업을 하고 있지. 한 곳은 요새 기사를 보니 슬슬 부도날 거 같긴 하지만……'

"그래. 운수 대통령이 말해준 건데 틀릴 리가 없지."

이번 사업 아이템을 정했다.

최창수는 바로 운수 대통령 상점에 들어갔다.

〈3단계 자동차 종합 지식의 책을 구매했어요!〉

〈습득한 자동차 종합 지식 : 관련 업계 20년의 지식과 노하우〉

〈4단계 업그레이드 구매 조건 : 3대 이상의 자동차 개발 혹은 제작에 관여하기 / 100권 이상의 자동차 전문 서적 읽기〉

"4단계까지 구매하려면 제법 시간이 걸리겠어."

최창수는 보유 인생 포인트를 확인했다.

'20년의 지식을 얻어서 그런가, 인생 포인트가 2000 정도 날아갔네. 여기서 4단계 업그레이드까지 하면 총 3천인가? 이거야 원…… 어떻게 해서든 두 번째 기능을 쓰게 만들려고 안달난 거 같네.'

비서에게 자동차 전문 서적 100권을 구매하라 시키고 다시 소원 게이지를 확인했다.

"이왕 쓴 거, 한 번 더 쓰자."

최창수가 말했다.

"이번 자동차 산업이 예상보다 더 대박을 칠 수 있는 방법을 알려줘."

〈필요한 소원 게이지를 계산중입니다.〉

〈운수 대통령님의 소원 달성에 필요한 소원 게이지는 80%입니다.〉

〈이런, 소원 게이지가 모자라네요! 모자란 소원 게이지는 인생 포인트로 대신할 수 있습니다. 이 경우 인생 포인트 10당 1%의 소원 게이지가 차요.〉

"쓴다, 써."

〈인생 포인트 200이 차감되고 모자란 소원 게이지가 충족됐습니다.〉
〈즐거운 관람되십시오.〉

"관람?"
의아함을 품은 순간.
"어?"
눈앞이 캄캄해졌다.

송근태 현대 판타지 장편소설

세 번째 이야기
최태호의 인생

운수대통령

운수대통령

세 번째 이야기
최태호의 인생

정신을 차리니 캄캄한 영화관이었다.

'뭐지?'

즐거운 관람되라는 문장을 본 기억까지는 있다. 그 뒤로
는 마치 과음이라도 한 듯 머릿속이 새하얗다.

조심스럽게 주변을 둘러봤다.

분명히 영화관이건만 관객은 오직 자신 뿐.

출입구조차 보이지 않는다.

"윽!"

시선이 스크린으로 향하자 갑자기 환한 빛이 뿜어져 나
왔다.

그리고 10부터 카운트다운이 시작됐다.

그 숫자가 0이 됐을 때.

〈지금부터 운수 대통령님이 관람하실 건 최태호의 인생입니다.〉

나레이션과 함께 최태호의 그린 영화가 시작됐다.

· · · ◆ · · ·

최태호는 어린 시절부터 자동차에 관심이 많았다.

"아빠! 나도 운전 해봐도 돼요?"

유치원 시절의 최태호가 해맑게 물었다.

"태호는 아직 어려서 안 돼. 성인되고 운전면허 따면 그때 운전하자."

"운전면허가 뭔데요?"

최태호의 질문에 아버지는 친절하게 설명을 해줬다.

유치원생이 알아듣기에는 다소 어려운 설명.

하지만 그것마저도 최태호는 눈동자를 빛내며 흥미롭게 들었다.

아버지가 운전대를 잡은 모습도, 액셀을 밟는 모습도 어린 마음을 뒤흔들 만큼 멋졌다.

"이것 봐. 이번에 나온 SM2라는 차야. 마력은 무려 1천 마력이나 되지. 참, 마력이 뭔지 알아? 1마력 당 말 한 마리의 힘이래. 그리고 이 아름다운 곡선……."

"뭐라는 거야, 재미없어."

유치원 때 가진 관심은 초등학생이 돼서도 여전했다.

또래 애들은 한창 장난감에 관심이 있을 때도 최태호는
실제 자동차와 똑같은 모형을 모으거나, 인터넷에서 마음
에 드는 자동차를 인쇄해 파일첩에 늘 끼고 다녔다.

당연히 친구들에게도 자동차와 관련된 얘기를 했지만 또
래 친구들에게는 외면 받는 게 고작이었다.

"다들 자동차의 매력을 몰라."

늦은 밤.

학원에서 돌아오던 최태호는 차에 무심한 친구들을 원망
했다.

"이렇게 멋있는데 말이야!"

가로등 빛 아래서 휴대폰을 조작해 자동차 사진을 바라
봤다. 최근에 애정이 생긴 건 포르쉐였다. 몇 번을 봐도 질
리지 않을 만큼 강렬한 멋을 지니고 있었다.

'나도 언젠간 이렇게 멋있는 차를 만들 거야! 타기도 하
고! 그러려면 열심히 공부해야 해.'

자동차와 관련된 학과는 어떤 대학이건 간에 들어가기
쉽지 않다.

그를 위해서.

보통 부모가 억지로 떠밀어서 다니는 학원을, 최태호는
자발적으로 나서서 다니는 중이었다.

'열심히 공부해서 훌륭한 어른이 되어야만 멋진 차를 타고 만들 수 있어. 근데 어른은 언제 되지?'

손가락으로 남은 햇수를 셌다.

아직도 7년이나 더 남아있었다.

"빨리 어른 되고 싶다."

부모의 품에서 벗어나고 싶어 어른이 되고자 하는 학생들과는 다른 마인드였다.

중학생 시절 역시 자동차에 관심 있는 학생은 없었다.

워낙 공부만 하고, 쉬는 시간에는 늘 자동차 사진만 보다 보니 성격 자체도 밝은 성격이 아니라 자동차에 관심 있을 남자 선생님에게 먼저 다가기도 어려웠다.

"야, 자동차 오타쿠!"

"또 자동차 보냐? 만날 그런 것만 보니까 친구가 없지!"

"얘한테서 기름 냄새 나지 않냐? 푸하하하!"

심지어 중학교 2학년 때는 질 나쁜 동급생에게 걸려 왕따를 겪기도 했다.

이 모든 게 자동차를 향한 열정만 포기하면 해결될 일.

하지만 최태호는 그럴 마음이 없었다.

'멍청한 놈들. 자기들도 언젠간 자동차 타고 다닐 거면서.'

유치원부터 중학생까지.

이런 최태호의 마음을 달래주는 건 자동차 광인 아버지뿐이었다.

"태호야! 아빠 차 한 대 또 뽑았다!"

홀로 최태호를 키우는 아버지.

많은 월급을 단 둘이서 전부 사용하기 보다는 최저한의 생활비만 남기고, 나머지는 모두 저축해 어느 정도 돈이 모일 때마다 아버지는 차를 구매하셨다.

"이번에는 말티즈네요?"

"저번 달에 비싼 놈 뽑아서 돈이 부족했거든. 중고지만 몇 년은 쌩쌩할 거야."

"이 근처 사람 별로 없는데 아빠가 지켜보면서 딱 5분만 운전해보면 안 돼요?"

최태호가 주차장을 바라봤다.

총 다섯 대의 차.

전부 아버지의 것이었고, 자신은 언제나 조수석에만 올랐었다.

"안 돼, 이놈아. 5년만 더 참아."

아버지의 꾸지람에 최태호는 시무룩해졌다.

이 욕구를 풀 수 있는 건 오직 오락실에 있는 레이싱 게임뿐이었다.

"와, 태호 너 되게 잘한다. 난 이거 하면 항상 한 바퀴도 못 돌고 죽는데."

"어디서 몰래 운전하고 다니는 거 아냐?"

고등학생이 되어 친해진 친구들.

그들은 중학생 때의 동급생처럼 유치하게 남의 취미를 갖고 놀리는 일은 없었다.

"이 정도는 기본이지."

자신의 취미를 존중해주는 친구들을 만난 것도 기쁜데, 그들이 자신의 운전 실력까지 칭찬해주니 어깨에 힘이 들어갔다.

'몇 년 동안 용돈 올인 하면서 연습한 보람이 있어. 이 정도면 나중에 면허시험 한 번에 합격하겠는데?'

그 생각대로, 최태호는 고등학교를 졸업하자마자 운전면허 자격증을 한 번에 땄다.

"즐겁냐?"

세월을 못 이겨 많이 늙은 아버지.

예전에는 의기양양하게 웃었다면, 최태호가 첫 운전을 한 날에는 온화한 미소를 보여줬다.

"네. 진짜 즐거워요."

"우리 아들이 아빠 드라이브도 시켜주고, 기쁘구나."

"앞으로 자주 해드릴게요."

최태호가 액셀을 밟았다.

'짜릿하다!'

유치원 시절부터 가진 꿈이 이뤄진 첫 날.

운전은 자신이 생각했던 것 이상으로 즐거웠다. 뜨거워진 가슴이 차가워진 건 속도위반으로 벌금을 문 뒤였다.

드디어 첫 번째 소원을 이룬 최태호는 두 번째 소원을 이루기 위해서 대학생활을 시작했다.

무려 최강대 자동차공학과.

대부분의 학생이 자동차공학 쪽 연봉이 쎄고, 성적에 맞는 과가 이곳이라서 입학했다.

그 중 유일하게 최태호만이 자동차를 사랑하는 마음을 갖고 있었다.

당연히 대학 4년간 단 한 번도 장학금을 놓치지 않았고, 교수가 추천 덕분에 대학원까지 진학해 보다 밀도 있게 자동차공학을 배울 수 있었다.

하지만 대학원 생활은 생각처럼 즐겁지 않았다.

"야, 태호야. 넌 동기 중에서도 가장 능력 있는 놈이야. 졸업하면 무조건 내 밑으로 와."

"태호야, 네가 차를 좋아하는 건 알겠는데 평범하게 좀 생각하자. 너 혼자 만드는 차가 아닌데 계속 이럴 거야? 뛰어난 게 다 좋은 건 아니야."

"네가 제품을 다른 방향으로 생각해서 더 좋게 개량하는 건 알겠는데 디자인은 정말 꽝이다. 현 기술로 이런 차를 어떻게 만들어?"

파벌싸움과 자신의 재능을 시기해 모욕만 던지는 동기 및 선배.

심지어 교수는 자신의 논문을 갈취하려고도 했다.

'한국기업에 들어가면 저 놈들을 다시 만나겠지. 난 더 이상 이 나라에 못 있겠어.'

굳이 그들뿐 아니라 대학원을 다니면서 최태호는 한국 자동차 기업에 관한 안 좋은 소문을 너무 많이 들었다.

이미 떨어질 때로 떨어진 정.

최태호는 아버지와 함께 한국에 있는 모든 재산을 돈으로 환산해 중국으로 떠났다.

중국으로 떠난 이유는 간단했다.

타국에 비해 중국이 요즘 떠오르는 국가니까. 그 중에서도 자동차 분야는 과거 하청업체였다는 걸 잊을 정도로 빠르게 성장하고 있었다.

'내 그릇을 담을 수 있는 건 중국 밖에 없어!'

오직 자동차와 공부에만 바친 인생.

열정과 돈, 그리고 지식만 갖고 뛰어들기에는 사업은 쉽지 않았다.

"죄송하지만 계약 얘기는 없던 걸로 합시다."

"어째서죠?"

"최태호 씨의 개발한 제품이 좋다는 건 알지만 특허비용을 감당하는 게 생각보다 힘들 거 같았습니다."

"그, 그럼 조금 깎아드릴 테니……!"

"이미 상부에서 결정 내린 일입니다. 그리고 솔직히 전문가가 아닌 이상, 소비자들은 뭐가 좋다고 말해줘도 잘 모릅니다."

벌써 다섯 번째 이어진 계약 파기.

파기 이유는 그럴싸했지만 실상은 대기업의 압박이 분명했다.

'부품을 어떤 식으로 배치하고, 어떤 식으로 개량하면

더 좋아지는 지 난 다 알고 있어! 젠장……! 한국이나 중국이나 결국 기업은 다 똑같다는 건가?'

하루하루가 죽을 맛이었다.

대기업의 단합은 자신의 목을 점점 더 옥죄여왔다.

'제작 단가를 낮추면 싸게 공급이 되겠지. 단가 문제로 등 돌린 기업도 돌아올 거야. 아냐, 단가를 낮추면 자연스레 성능은 안 좋아져.'

어릴 적 가졌던 자동차 제작의 꿈.

디자인에는 생각처럼 재능이 없었지만 부품 개량 및 제작 솜씨만큼은 뛰어났다.

'내가 돈만 있었어도 이 골목에서 배곯으며 살 지는 않았을 텐데. 차라리 한국에 있던 게 나았을까?'

그나마 자신의 기술력을 알아주는 단골손님 몇 몇.

그리고 자신만 믿고 퇴직금과 함께 중국 땅을 밟은 아버지가 인력사무소에서 벌어오는 돈만이 유일한 생명줄이었다.

"으아아아! 아무나 좋아! 제발 내 기술력 좀 갖다 써줘라!"

답답함 섞인 비명이 울렸다.

그 비명이 퍼져나가기에 중국은 너무나도 넓었다.

· · · ◈ · · ·

〈최태호의 반 년 전 인생입니다.〉

나레이션을 마지막으로 스크린이 빛을 잃었다.

"헉!"

정신이 번쩍 든 최창수가 몸을 일으켰다. 온몸에는 땀이 흥건했고 시야에 들어온 건 대표실이 아니었다.

"대, 대표님? 정신이 드셨습니까?"

늘 차분하던 비서.

그녀가 당황한 표정으로 말을 건넸다.

"제가 왜 여기 있죠?"

현재 자신은 직원 휴게실 침대에 누워있다.

드문드문 휴게실 창문 너머로 보이는 직원들은 걱정스럽다는 표정으로 자신을 바라보고 있었다.

"많이 지치셨나 봅니다. 노크를 해도 조용하셔서 들어갔는데 쓰러져 계셨더라고요."

"쓰러졌다고요? 유라한테 말 안 했죠?"

"사모님이 아시면 걱정할 거 같아서 우선은 연락하지 않았습니다."

"잘했어요."

안심이 되자 시간을 확인할 여유가 생겼다.

'두 시간이 지나갔네. 현재 내게 도움이 될 사람의 인생을 보여준 건가.'

최태호의 인생을 곱씹었다.

운수 대통령으로 새 능력을 구매한 덕분에 최태호가 얼마나 유능한 인재인지 충분히 알 수 있었다.

'현재 한국에 없거나, 혹은 상용화 되지 않은 기술의 상 위버전 기술을 보유하고 있었어. 걸리는 게 있다면 마지막 말인데…….'

반 년 전 인생이라는 말.

'세 가지 경우의 수가 있어. 죽거나, 기업에 헐값으로 기술을 넘겼거나, 아니면 사업을 그만뒀거나. 전부 최악이군. 굳이 반 년 전 기억까지만 보여준 이유가 뭘까?'

당장 짐작 가는 건 두 개.

첫 번째는 반 년 후의 일은 중국에서 직접 확인해서 뭐가 됐든 결과를 손에 넣으라는 뜻.

두 번째는 기억 속에서 훔쳐본 기술을 떠올려 자신의 것으로 만들라는 뜻.

'뭘 고민해. 둘 다 하면 되지!'

최창수가 이불을 치우고 몸을 일으켰다.

"대, 대표님? 혹시 모르니 좀 더 안정을 취하시는 게……."

"중요한 일이 떠올랐어요."

휴대폰을 꺼냈다.

그리고 훔쳐본 최태호의 인생 속에서 몇 번 등장했던 인물에게 전화를 걸었다.

"엄병철 회장님. 저 최창수입니다."

겉치레 없이 바로 본론을 꺼냈다.

"최태호라고 기억 하시나요? 중국에서 자동차 부품 사업 중인 최태호요."

· · · · ◆ · · · ·

인천국제공항.

최창수는 면세점 구경을 하고 있었다.

"최고급 극세사로 제작해 산모에게 심적 편안함을 주는 이불이라. 이건 천연재료로 만든 건강식품. 산모의 입덧을 줄여주고 뱃속 아이를 튼튼하게 자라게 해준다."

그가 있는 곳은 산모용품을 전문으로 취급하는 가게.

제품 설명은 그럴 듯하게 적혀 있지만 솔직히 과장이 심하다는 느낌이 심했다.

하지만 이런 제품을 구매하는 사람은 정해져 있다.

"저기요. 이 이불이랑 건강식품 두 세트 씩 주세요."

바로 최창수처럼 아내에게 헌신을 다하는 남편!

마치 아이를 위해 뭐든 다 해주는 부모를 고객으로 삼아 비싼 장난감을 판매하는 완구 회사와 비슷했다.

"혹시 택배도 되나요?"

"저희가 택배는 안 하거든요."

"그래요? 음, 제가 곧 비행기를 타야 하는데."

최창수가 지갑에서 10만원을 꺼냈다.

"퇴근길에 택배 좀 붙여주시겠어요?"

"특별히 고객님에게는 택배 시스템을 적용시켜드리겠습니다."

몰래 10만원을 받은 직원이 조용히 고개를 숙였다.

면세점에서 나온 최창수가 휴대폰을 꺼냈다.

"어, 유라야. 내일 중으로 택배 올 거니까 피곤해도 점심 중에는 깨 있어."

"또 뭘 샀는데?"

수화기 너머에서 잔소리가 들렸다.

"제발 헛돈 좀 쓰지 마. 화내야 말 들을 거야?"

"너한테 쓰는 돈은 헛돈이 아니라니까? 산모에게 좋은 이불이랑 건강식품 샀어."

"너 건강식품 일주일 전에도 산 거 잊었어? 어제는 산모한테 좋다면서 딸기를 두 박스나 사오더니……."

"네가 건강해야 애도 건강하지."

"진짜 내 건강 생각하면 중국은 왜 가냐?"

"중요한 일 때문에 그래. 대신 도우미 붙여줬으니까 3일만 참아줘."

활기차던 최창수의 목소리가 살짝 작아졌다.

사실 그도 서유라를 홀로 두고 중국에 가는 게 불편했다. 하지만 어쩔 수 없었다. 한 시라도 빨리 최태호를 만나야 했으니까.

"우리 더 행복하게 살려고 가는 거야."

"난 너만 있으면 되는데? 가끔 보면 창수 너는 나보다 일을 더 우선시 하는 거 같아."

"이 세상에서 너보다 소중한 게 있겠냐? 어, 유라야. 미안한데 전화 끊어봐야겠다. 사랑해!"

최창수가 전화를 끊었다.

그리고 저 멀리, 익숙한 얼굴을 향해 손을 흔들었다.

"오랜만입니다, 반재현 임원님."

"저도 마찬가지군요. 창수 군은 세월이 지나도 그때 그 모습 그대로네요."

"반재현 임원님도 늙지를 않으시네요."

"허허, 듣기만 해도 기분 좋군요. 몸은 하루하루 달라지지만요."

두 사람이 처음 만났을 때 최창수가 20살, 반재현이 47살이었다.

현재는 30살과 57살.

무려 10년의 세월이 지났지만 둘은 서로를 처음 만났을 때처럼 생각하고 있었다.

"정양민 통역사님은 딱 10년 만이시네요. 잘 지내셨죠?"

최창수가 시선을 돌렸다.

이제 슬슬 마흔이 가까워지는 정양민.

최창수가 반재현의 보조 통역사로 참여했을 때 함께 LA로 갔던 전문 통역사였다.

"하하…… 잘 지냈습니다."

그 당시에는 단지 최강대 재학생에 불과했던 최창수.

하지만 지금은 AG기업의 대표이다.

전과는 달리 어리다고 반말을 할 수 있는 존재가 아니었다.

'그때는 약간 예사롭지 않은 학생이었는데, 이렇게나 대단한 사람으로 성장했다니.'

정양범은 최창수에게 부러움 섞인 시선을 보냈다. 한편으로는 그때의 인연을 계속 이어가지 않은 자신을 원망했다.

필요한 절차를 밟은 세 사람은 너무나도 당연하다는 듯 VIP석에 앉았다.

"오늘 두 분은 베이징 쪽으로 가신다 하셨죠?"

최창수가 물었다.

"네. 그쪽에서 만날 벤처사업가가 있습니다. 창수 군은 어디죠?"

"전 상하이 쪽입니다. 근처까지 혼자가면 심심해서 어쩌나 했는데 마침 일정이 겹쳐서 다행이네요. 이것저것 물어볼 수도 있고요."

"최태호 말인가요?"

"네."

사실 여행길이 혼자여도 상관없다. 그럼에도 불구하고 반재현을 기다려 저녁행 비행기를 탄 건 최태호에 대해서 묻기 위함이었다.

'최태호의 인생은 얼추 알고 있지만 그건 자동차와 관련된 부분이지, 세부적은 건 잘 몰라.'

하지만 최태호의 기억 속에는 박철대와 반재현이 있었다. 이 둘은 최태호를 철강산업으로 스카우트하려고 애를 쓴 적이 있다.

"최태호라. 정말 훌륭한 인재였습니다. 아마 그가 있었다면 철강산업은 자동차 쪽에서도 상당한 자리를 차지했겠죠."

"그 정도군요."

"네. 차 핸들 돌아가는 소리, 엔진 소리만 들어도 어떤 부품을 사용했고 무엇이 문제인지 맞출 정도로 천재적인 학생이었으니까요. 중국으로 떠났다는 소식만 듣고 아쉬웠지만 성공을 바랐는데, 허허 참……."

반재현이 헛웃음을 흘렸다.

이유를 알고 있기에 굳이 물어볼 필요는 없었다.

"창수 군이 최태호를 만나러 간다할 때는 경쟁도 생각했지만 대표님이 신경 쓰지 말라더군요. 어차피 우리는 최태호를 컨트롤 하지 못한다면서. 그전에 그가 어디 있는지도 모르지만요. 창수 군은 어떻게 안 거죠?"

"음, 설명 드리기는 곤란하네요."

"그럼 됐습니다."

반재현은 선을 딱 지키기로 했다.

이윽고 비행기가 떠올랐다.

한동안 반재현은 최태호와 관련된 정보를 남김없이 늘어났다.

그 중 몰랐던 정보가 상당수였다.

'역시, 반재현 임원과 같이 온 게 정답이었어.'

최태호 얘기 뿐 아니라 자동차 산업에 관한 현 시점과

노하우도 전부 털어놨다.

AG기업이 자동차 산업도 손을 대면 사실상 라이벌 기업이나 마찬가지다.

그럼에도 불구하고 반재현은 최대한 최창수에게 도움을 주고 싶었다.

'최창수 군은 계속 성장해줘야 해.'

이득이 한 명에게만 돌아가는 게 아닌, 모두에게 골고루 돌아가는 사회가 대한민국에는 필요했다.

그것이 장기적으로 대한민국과 기업이 발전하는 일이다. 그리고 그 일은 오직 최창수 만이 할 수 있었다.

그는 이미 자신의 가능성을 충분히 증명했으니까.

피곤했는지 두 사람이 잠에 들었다.

홀로 남은 최창수는 캐리어에서 자동차 전문 서적을 꺼냈다.

'속독의 책도 있으니 도착 전에 다 읽겠지?'

3단계 자동차 종합 지식의 책.

그걸 4단계로 업그레이드 할 조건 중 하나를 오늘 충족할 생각이었다.

〈4단계 업그레이드 달성율〉

〈제작에 관여한 자동차 : 0/3〉

〈읽은 자동차 전문 서적 : 56/100〉

상하이에 도착할 때쯤 56번 째 서적을 다 읽게 됐다.

반재현 일행과 작별 인사를 나누고 최창수는 공항에서 나왔다.

'공기 한 번 탁하네.'

중국에게 받은 첫 인상이었다.

"말이 통해야 최태호를 만나러 갈 수 있겠지."

운수 대통령 상점을 실행했다.

〈3단계 중국어 회화의 책을 구매했어요!〉

〈습득한 중국어 회화 실력 : 현지인과 자연스럽게 대화를 나눌 수 있을 만큼의 실력〉

· · · ◈ · · ·

업무 명목으로 중국 상하이에 왔지만 여행가로서의 피가 끓어오르는 걸 막기는 힘들었다.

결국 최창수는 상하이 번화가를 얼추 관광한 후 택시에 올랐다.

긴 주행 끝에 도착한 건 상하이 이우라는 지역이었다.

'듣던 대로의 도시네.'

이우는 소규모 상인이 잔뜩 밀집되어 있는 작은 도시였다. 그리고 몇 년 안에 대도시로 성장할 가능성이 높은 도시기도 했다.

밀집 인구 대부분이 상인이다 보니 도시 규모에 비해 경제가 상당히 활성화 된 게 그 이유였다.

'어디 보자, 이 건물이 저거고. 이 골목으로 가면 되나?'

최창수는 지도를 보고 있었다.

붉은 원이 쳐져 있는 곳이 바로 최태호가 운영하던 자동차 수리 및 부품 가게였다.

'인생 포인트를 소원 게이지로 환산하길 잘했어.'

아무리 소도시여도 중국은 중국.

이우의 길은 제법 복잡했고 지도를 봐도 헷갈리는 부분이 있었다.

행인들도 딱히 친절하지 않았고, 정말 모르는 부분은 상인과 거래를 해야만 알 수 있었다.

"여기인가."

고생 끝에 도착한 목적지.

중국어로 유능자동차 수리 및 부품판매소라고 적힌 간판이 있었지만 상당히 녹이 슬어 있었다.

굳이 간판뿐 아니라 건물 자체도 깨끗하다고는 도저히 말할 수 없었다.

외벽 페인트칠은 슬슬 떨어지려 했고, 가게 출입문 근처에 놓인 자동차 부품은 더 이상 사용 못 할 만큼 망가져 있었다.

'가게는 남아 있어. 매매 공지도 없고. 아직은 간간히 운영을 하는 걸까? 그나저나 이런 곳에서 사업을 하니 망할 수밖에 없지.'

이우가 소규모 상인이 밀집된 도시라도 흔히 말하는 돈 되는 영역은 따로 존재한다.

그리고 최태호의 영업점은 발길이 뜸한 곳에 위치했다.

'이런 곳에서 어떻게든 먹고 살만큼은 돈을 벌었다는 건 제품 하나는 확실하다는 거겠지.'

가게 문을 두들겼다.

공허한 소리가 골목을 울릴 뿐, 아무도 손님을 반기지 않았다.

"드문 일이구먼, 여기에 손님이 오다니."

그때 목소리가 들렸다.

고개를 돌리니 지팡이로 몸을 지탱하고 있는 노인 한 명이 있었다.

"혹시 최태호 씨의 아버지십니까?"

"엉? 아버지는 무슨. 근처 이웃이야. 자동차 양반 만나러 왔나? 근데 중국인은 아닌 거 같은데? 여기는 어찌 알고?"

"한국에서 찾아왔습니다. 최태호 씨의 기술이 필요해서요."

"오옹, 자동차 양반이랑 같은 나라 사람이었구먼. 그 양반이 솜씨 하나는 훌륭하지. 내 차도 30년을 끌고 다녀서 다 죽어갔는데, 그 양반이 며칠 뚝딱뚝딱하니 전성기로 돌아왔지 뭐야."

"최태호 씨는 아직도 여기에 사나요?"

"살긴 허지."

안도의 한숨이 절로 나왔다.

죽은 건 아니니까.

"근데 보기가 힘들어. 반 년 전에 가게 문 닫더니 손님도 진짜 단골만 받더라고."

"마지막으로 본 게 언제죠?"

"4일 전인가. 늦은 밤에 어디 나가더니만 아침이 돼서야 돌아오더라고. 머리도 난장판이고 근처에 토도 한바탕 하던데, 술이라도 마시고 왔나 보지."

노인은 계속해서 최태호에 대해서 얘기했다.

"처음에는 되게 의욕적으로 홍보도 하고 긍정적인 양반이었는데, 뭔 대기업 사람들이 몇 번 다녀갈 때마다 힘을 잃더라고. 이제는 단골만 찾아오는 가게가 되어버렸어."

노인이 쯧쯧 혀를 찼다.

"참 불쌍한 양반이여. 같이 온 아비 상태도 영 안 좋던데."

"그건 무슨 소리죠?"

"나도 정확히는 모르는데 많이 아픈가 봐. 만날 아비 데리고 병원가고 약 사오고. 참, 그러고 보니 그 양반 아비가 아프고 문을 닫은 것도 딱 반 년 전이네. 쯧쯧, 전생에 뭔 죄를 졌기에 먼 나라까지 와서 고생을 하는 지."

그는 상하이 이우에서 사업을 시작할 때부터 이웃이었던 만큼 많은 걸 알고 있었다.

'생각보다 더 힘든 상황이구나. 가슴 아프지만 설득이 쉬울 테니 잘 된 걸 수도 있어.'

사람은 자신의 곤경을 해결해준 사람에게 끌리기 마련이다.

최창수는 가게 근처를 서성이며 최태호가 나오기만을 기다렸다.

'나왔다!'

저녁 11시.

최태호가 싸늘한 바람을 뚫으며 가게 문을 열었다. 주변에 아무도 없는 걸 확인한 최태호는 문을 잠그고 어딘가로 걷기 시작했다.

'우선은 따라가자. 정확한 사정을 알아야 얘기가 더 편해질 테니까.'

최태호의 뒤를 쫓았다.

· · · ◈ · · ·

이우는 상인의 도시처럼 밤낮을 구분하지 않고 늘 활성화되어 있다.

워낙 잡다한 제품이 많은 만큼, 낮에는 건전했던 가게가 밤에는 유흥업소로 변하는 경우도 빈번하다.

"왜 이런 가게에 들어간 거지?"

최태호가 사라진 곳은 이우에서도 가장 큰 번화가, 그곳에 위치한 호스트바였다.

잠시 기다리고 있자 화려한 반짝이 의상으로 갈아입은 최태호가 밖으로 나왔다.

그는 한 손에 '최강미남들이 최고의 서비스를 선사합니다!' 라고 적힌 팻말을 들고 있었다.

"거기 예쁜 누님. 딱 보니까 오늘 남편이랑 안 좋을 일 있던 거 같은데 스트레스 풀고 가는 거 어때요?"

최태호는 영업용 미소를 지으며 홀로 걷는 여자들에게 접근해 명함을 건넸다.

어릴 적부터 차밖에 모르던 사람이 흔히 일컫는 삐끼를 하고 있다.

"돈이 급하긴 한가 보군."

바로 최태호에게 접근하려고 했다.

그때였다.

"형."

등 뒤에서 자신을 형이라 부르는 소리가 들렸다.

고개를 돌리니 20대 중반쯤 되어 보이는, 최태호와 똑같은 옷을 입은 중국인 사내가 보였다.

"이 근처에서 처음 보는 얼굴인데 이사 왔어? 일자리 없으면 여기서 일 할래?"

중국인 사내가 명함을 건넸다.

최태호가 여성에게 건넸고, 바닥에도 수십 장 버려져 있는 그 명함이었다.

"형 얼굴이면 단숨에 톱 자리에 앉을 거 같은데 어때? 만날 술 마시면서 아줌마 상대하는 게 스트레스지만 돈 하나는 확실해."

뭔가 했더니 영입제의였다.

"미안합니다만, 전 호스트 할 생각 없습니다. 그보다 저 사람, 여기서 일하는 거예요?"

"광찌우 형?"

최태호의 중국 이름인 듯 싶었다.

"그런데 왜? 둘이 친구야?"

"비슷합니다. 언제부터 일한 거죠?"

"아~ 친구 찾으러 왔나보구나. 광찌우 형 반 년 전부터 일했어. 이상한 아줌마 눈에 들어서 몇 달 순위권에 있었는데 그 아줌마 떠난 뒤로 신입한테 쫙쫙 밀려서 지금은 홍보에 전념하고 있어. 아, 잠깐! 혹시 친구인 척 하는 타 가게 직원은 아니지? 형, 사정 좀 봐 줘. 우리도 요즘 발굴하는 애들 상태가 영 별로야."

"……."

참 말이 많은 사내였다.

불필요한 대화를 나누는 건 스트레스만 불러오는 일이다.

"광찌우 씨 한 시간에 얼마입니까?"

"10만. 그런데 가게 안이 아니면……."

"20만."

중국인 사내가 입을 다물었다.

"20만에 1시간만 빌립시다. 사장이 물으면 멀리 영업하러 갔다 전해요."

"……형 말인데 동생이 토달면 안 되겠지."

중국인 사내가 20만원을 받고 등을 돌렸다. 못 본 척 할 테니 어서 데려가라는 뜻 같았다.

"최태호 씨."

최창수가 그의 어깨를 잡았다.

"제가 최태호 씨의 시간을 샀습니다. 잠시 저랑 얘기 좀 나누죠."

· · · ◈ · · ·

두 사람은 근처 바로 향했다.

'중국이 물가가 싸긴 하네.'

메뉴판을 확인했다.

한국에서는 한 잔에 몇 만 원짜리 칵테일 대부분이 6~70%할인된 가격에 판매 중이었다.

"전 마린소다 마시겠습니다. 최태호 씨는요?"

"전 뱀파이어 레드…… 바가 처음이라 그런데 괜찮은 술인가요?"

"칵테일은 이름이 야하거나 강해보일 수록 도수가 높아져요. 이 뒤에 일 하셔야 할 텐데, 블루 하와이가 딱 음료수 정도로 만만해요."

"그럼 그걸로……."

"네. 웨이터. 여기 마린소다랑 블루 하와이 한 잔씩."

메뉴판을 거둔 웨이터가 바로 칵테일 제작에 나섰다.

"그런데……."

눈치를 살피던 최태호가 말했다.

"누구신가요?"

계속 궁금했다.

한창 일 중인데 느닷없이 한국인 남자 한 명이 다가왔다. 그는 자신과 달리 키도 컸고 얼굴도 잘 생겼으며, 정장도 구두도 손목시계도 하나 같이 명품이었다.

이것만으로도 위축되기 충분했는데, 자신의 시간을 1시간 구매했다면서 아버지 말고 중국에서는 아무도 모르는 한국 이름을 입에 올렸다.

"전 이런 사람입니다."

최창수가 명함을 건넸다.

"AG기업……?"

자신의 대한민국 기억은 5년 전에서 멈춰있다. 당연히 AG기업이 금시초문일리 밖에 없다.

5년 전까지는 AG기업이 아직 중소기업이었으니까.

게다가 자동차 산업하고는 관련 자체가 없었다.

"최태호 씨는 꽤 전에 중국에 오셨으니 아마 모르시겠죠."

최창수는 AG기업이 어떤 기업인지 자세하게 설명했다.

중간 중간 뉴스 기사를 그에게 보여주기도 했다.

"아아……."

최태호가 납득 섞인 감탄을 터트렸다.

그의 얘기, 그리고 뉴스 기사만 봐도 AG기업이 얼마나 굉장하고 좋은 기업인 지 알 수 있었다.

한편으로는 의아했다.

"패션이랑 요식업 쪽 기업이 왜 저를 찾아오셨나요? 그전에 제가 중국으로 떠난 건 몇 몇 밖에 모르고, 이우에 있는 건 아무도 모르는데……."

"운이 좋았다고만 말씀드리겠습니다. 제가 최태호 씨를 찾아온 이유는 하나입니다. 기술이 필요합니다."

"기술이요?"

"이번에 자동차 산업으로 새로이 사업을 확장하려고 합니다. 비록 중국에서는 실패하셨지만 한국에서는 얼마나 대단한 인물이었는지 알게 돼서 찾아온 거고요. 막상 찾아오니 문을 닫으셔서 좀 놀랐지만요."

"하하…… 포부만 좋았었죠 뭐."

최태호가 씁쓸하게 웃으며 뒤통수를 긁었다.

"지금은 한국으로 다시 돌아가려고 자금을 모으고 있습니다."

"정말요?"

듣던 중 반가운 소리였다.

그가 한국으로 돌아오면 일이 더 쉬워지니까.

"많이 지쳐서 이 이상 중국에 있기 힘드네요. 무엇보다 아버지가 많이 편찮으셔서……."

"안 그래도 근처 이웃에게 들었습니다."

"네……. 가게가 어려울 때 막노동을 하셨는데 그때 악화 된 허리가 요 근래 더 안 좋아지셨더라고요. 걷는 것도 많이 힘들어하는 상황이라서."

"병원은 가보셨고요?"

"가봤죠. 수술을 해야 하는데 이우 쪽은 병원비가 비싸서…… 그렇다고 불편하신 아버지랑 몇 시간 동안 지하철을 탈 수도 없잖아요?"

최창수가 고개를 끄덕였다.

자신도 이우로 오기까지 엄청 오래 걸렸으니까.

"가게는 단골 말고는 이젠 손님도 뜸해요. 그나마 호스트 덕분에 생계는 유지하고 있지만, 아버지 병원비에 건물 월세. 쓸 거 다 쓰면 저축할 수 있는 돈은 얼마 안 되고요. 언제 한국으로 갈 수 있을 지도 모르겠네요. 정말…… 중국에 온 걸 많이 후회합니다. 정말 잘 하실 자신 있었는데."

최태호가 쓰게 웃었다.

"자신만 있던 거죠. 차라리 한국에 있었다면 어땠을 지 많이 생각합니다. 후회도 하고요."

최태호가 고개를 푹 숙였다. 때마침 테이블에 놓인 술. 술 위로 뭔가가 떨어지는 게 보였다.

'지금이다.'

최태호의 감정이 최고조에 도달할 때까지 기다렸다. 그리고 그 사이에 확신했다. 반드시 영입할 수 있다고.

"최태호 씨."

"아, 죄송합니다. 꼴사납게……."

"본격적으로 얘기하겠습니다. 저와 함께 AG기업 자동차 산업의 스타트를 끊읍시다."

"예……?"

"중국으로 오면서 최태호 씨의 과거이력을 살펴봤습니다. 훌륭했습니다. 최태호 씨의 가게 앞에 버려진 부품도 봤습니다. 망가지거나 녹슬었음에도 타 제품과 다른 게 보였습니다. 그리고 이 대화로 느꼈습니다. 단지 운이 나빴고 이끌어 줄 사람이 없어서 망한 거지. 이끌어 줄 사람이 있으면 대성할 인물이란 걸."

최태호의 손을 잡았다.

"제가 이끌어드릴게요. AG기업은 남들과는 다른 자동차 산업을 할 예정입니다. 모두가 타고 다니는 양산형이 아닌, 예술작품을 만들 생각이죠."

"예술작품이요?"

"자세한 건 계약 의사를 표명하시면 말씀드리겠습니다. 한 가지 확신할 수 있는 건, 이 예술작품에는 기존 대기업이 대량제작 단가를 부담하기 힘들어서 고개 돌린 최태호 씨의 기술을 필요로 한단 거죠."

최창수는 계속해서 유혹적인 제안을 건넸다.

남들보다 많은 연봉 약속.

아버지의 치료비 및 대한민국 항공비 전액 부담.

몇 년에 걸쳐 연봉에서 제하는 대신 집 제공 등등.

"그, 그 모든 걸 진짜 주시는 겁니까?"

"네. 대신 AG기업과 오래 일 해야겠지만 충분히 그만한 메리트가 있다고 생각합니다."

"그, 그야 당연하죠. 그간의 고생을 전부 잊고 새 출발할 수 있는 기회인데……. 아, 어쩌지."

다행히도 얘기를 질질 끌 생각은 없었나보다. 계속 우울해하던 그가 이리도 활짝 웃고 있는 걸 보면.

"우선 내일 다시 집으로 찾아와주시겠어요? 오늘 밤에 아버지랑 얘기를 나눠보겠습니다. 전 당장이라도 최창수 대표님을 따라가고 싶지만, 아버지는 제가 중국에서 뜻을 이루길 바라고 계시거든요."

"하루 정도야 뭐. 저도 마침 이우를 구경하고 싶었으니 괜찮습니다."

그 뒤.

최태호는 일터로 돌아갔고, 최창수는 오랜만에 타국의 풍경과 문화를 즐겼다.

'바퀴벌레는 닭꼬치 맛이 난다는 게 사실이었군.'

다음 날.

최창수는 아침 일찍 최태호의 가게로 향했다.

"아, 오셨어요?"

몇 번 노크하자 최태호가 나왔다.

퇴근한 지 몇 시간 안 됐는지 상당히 피곤해보였고, 술 냄새도 약간 남아 있었다.

"누추한 집이지만 들어오세요. 1층은 가게고 2층이 집이에요."

최태호의 안내를 받아 가게 안으로 들어갔다.

가뜩이나 협소한 1층은 지저분하게 널브러진 자동차 부품과 공구로 가득했다.

"가게 문 닫아서 먼지 쌓여있을 줄 알았는데 깨끗하네요."

"미련을 못 버리겠더라고요."

낡아서 삐걱삐걱 거리는 계단을 밟아 2층으로 향했다. 1층보다는 넓었지만 둘이 생활하기 겨우 알맞은 크기였다.

그마저도 벽지에는 곰팡이가 피어있고 퀴퀴한 냄새가 나서 위생은 전혀 좋지 못했다.

'이런 곳에서 지내면 건강한 사람도 금세 아프겠네.'

거실 겸 방에 앉았다.

마실 걸 가져오겠다는 최태호를 기다리며 주변을 둘러봤다. 그리고 방 문 하나를 봤다. 원래부터 그런 건지, 아니면 사고가 있었는지 문 정중앙에 큰 구멍이 뚫려 있었다.

그 구멍 너머로 최태호의 아버지가 보였다.

거실에 놓인 사진 속 최태호의 아버지는 건강해보였지만, 몇 년 만에 흰머리가 수북해졌고 볼을 홀쭉해진 상태였다.

"아버지가 원래 잠이 많으세요."

물과 간단한 먹을거리를 가져온 최태호가 맞은편에 앉았다.

"아버지에게는 아침에 오자마자 얘기를 드렸어요."

"……뭐라 하시던가요?"

"뭐…… 아버지도 많이 지치셨나봐요. 저와 달리 아버지는 한국에 정도 많으셨고요."

최태호가 문 너머 아버지를 바라봤다.

중국에 온 이후로 단 하루도 죄송하지 않은 마음이 없었다. 오직 자신만 믿고 소중한 친구도, 부모님도, 모든 것으로부터 등을 돌리셨으니까.

그에 비해 자신은 늘 아버지를 실망시키기만 했다. 스스로를 불효자라 생각했고, 이 죄는 평생에 걸쳐 갚아야 할 것이었다.

"거둬주신 만큼 절대 배신 없이 기대에 부응하겠습니다. 잘 부탁드릴게요."

"결정 잘 하셨습니다. AG기업은 지금도 앞으로도 최고의 기업이니 절대 후회하지 않으실 겁니다."

최태호와 악수를 나눴다.

"정식 계약은 한국으로 돌아가서 진행하겠습니다."

"예. 참, 얘기가 확정돼서 말인데요……. 정확히 어떤 사업을 하실 지 들을 수 있을 까요? 너무 궁금해서 일에 집중을 못 하겠더라고요."

방금 전까지도 우울해 보이던 최태호.

다시 한 번 비상할 기회가 생기자 삶의 활력을 되찾은 듯 밝아보였다.

"듣고 놀라지 마세요."

최창수는 자신이 구상한 자동차 산업에 대해 설명하기 시작했다.

얘기가 끝나자 최태호가 크게 흥분했다.

"그, 그거! 제가 꼭 해보고 싶었던 일입니다! 진짜 소원이 그거였어요!"

"그렇죠? 외국에서도 간혹 보이지만 어디까지나 부수적인 거죠. 하지만 저희는 그것만 전문적으로 하는 겁니다."

"대박, 진짜 대박입니다. 벌써부터 디자인이랑 걸맞은 부품이 다 떠올라요."

"저도 생각해둔 아이디어가 몇 개 있는데 같이 의논해볼까요?"

"저도 좋죠! 참. 이거 한 번 하면 길어지는데 밖에 가서 먹을 것 좀 사오겠습니다!"

아이처럼 기뻐하는 최태호가 밖으로 나갔다.

잠시 후 돌아온 최태호는 중국에서나 먹을 수 있는 특산물을 잔뜩 사왔다. 개중에는 어제 먹은 곤충꼬치도 제법 있었다.

'비쥬얼은 별로인데 맛은 그럭저럭 괜찮다니까.'

다시는 못 먹을 음식.

그걸 즐기며 두 사람은 자동차 사업에 관한 얘기를 불태웠다.

송근태 현대 판타지 장편소설

네 번째 이야기
최설우

운수 대통령

운수 대통령

네 번째 이야기
최설우

최창수는 자택 서재에 있었다.

슬슬 봄도 끝자락이라서 날씨는 더할 나위 없이 좋다. 굳이 형광등을 켜지 않아도 서재가 환할 정도다.

서재 책장을 가득 채운 책은 대부분 사업과 관련된 책이었다. 한국어는 당연했고, 영어와 중국어로 된 서적도 상당수였다.

'성공한다. 이건 반드시 성공해.'

한국으로 넘어온 최태호와 함께 의논해서 리뉴얼 한 자동차 사업 계획서.

몇 번을 읽어도 전 세계적으로 큰 열풍을 불어올 게 확실하게 다가왔다.

'최태호를 데려온 건 정답이었어. 고맙다, 운수 대통령! 이 정도면 파격적인 조건도 아깝지 않아.'

최창수가 노트북을 실행해 인터넷 메일을 확인했다.

최태호가 보낸 메일 한 통이 있었다.

내용물은 최태호가 직접 스케치 한 차 디자인이었다.

'음, 진짜 본인 말대로 디자인에는 재능이 없구나. 현실을 고려하지 않고 상상을 전부 쏟아 부은 디자인이야. 그래도 중간 중간 괜찮은 곳이 있긴 하니, 정식 디자이너도 영입해야겠네.'

생각난 김에 최창수는 바로 최대 규모 구인 공고 사이트에 자동차 디자이너 공고를 올렸다.

'참신하고 혁신적인 디자인을 원합니다, 라고 적고. 연봉은 업계 평균보다 약간 더 높으면 되겠지.'

공고 마감은 일주일 후로 했다.

AG기업 본사 때처럼 이번에도 철강산업이 많은 인력을 보낸 덕분에 천안지사는 빠른 속도로 완공을 향해 달리고 있었다.

그때는 호의로 받았지만, 자리를 굳건하게 잡은 현재로서는 인력만큼의 돈을 더 지불했다. 빠르면 빠를수록 좋으니까.

'타 기업은 그 시장의 가능성과 미래성, 그리고 이런저런 자료를 모아야 해서 사업 하나 확장하려면 몇 년이 걸리지만 난 아니거든.'

최창수에게는 운수 대통령이 있다.

여태껏 운수 대통령은 거짓말 한 적이 없다. 늘 자신을 위해서 최선을 다해준 고마운 존재였다.

"믿고 일만 벌리면 된다는 거지."

이게 AG기업이 빠르게 성장할 수 있던 이유였다.

몇 년이라는 준비 기간을 단축시키고 바로 시장에 뛰어들 수 있으니까.

당연히 타 사업가 눈에는 최창수를 마이더스의 손이라 여길 수밖에 없었고, 심지어 그가 뛰어든 사업에 따라 뛰어들면 성공한다는 얘기까지 있을 정도였다.

똑똑.

구인공고를 올린 지 20분 만에 벌써 30개의 지원서와 포트폴리오가 메일함에 쌓였다.

하나 하나 확인하고 있자 노크소리가 들렸다.

"바빠?"

전과는 비교도 안 되게 배가 부른 서유라가 문을 열었다.

"하나도 안 바빠. 그나저나 할 말 있으면 전화하라니까? 내가 내려가면 되는데 뭐 하러 2층까지 힘들게 올라와."

"힘들어도 조금씩은 움직여줘야 애한테 더 좋대."

"그래? 그럼 말 나온 김에 산책이나 할까?"

"지금은 너무 더우니까 선선해지면 나가자."

서재실 문을 닫은 서유라가 근처 소파에 힘겹게 앉았다.

그리고 서재에 꽂힌 자신의 책 한 권을 꺼내 독서를 시작했다.

그녀를 잠시 바라본 최창수도 다시 노트북을 바라봤다.

"늦어도 두 달 안에 출산이랬지?"

"응. 가장 중요한 때니까 사소한 것도 조심한다네. 충분한 수면과 균형 잡힌 식단. 그리고 스트레스 받지 말래."

"잘하고 있네."

"아니, 스트레스는 한 달 전까지만 해도 받았거든."

책에서 시선을 뗀 서유라가 날카롭게 말했다.

"이제 정말 산모용품이라고 속아서 이것저것 사오지 마. 너 때문에 멀쩡한 방이 창고로 변했잖아."

"그래도 제법 실용 있는 것도 있었잖아?"

"당첨률이 10분에 1이면 다 꽝이나 마찬가지지, 바보야."

최창수가 산모용품을 사올 때마다 핀잔은 줬지만 내심 고맙기는 했다. 그만큼 자신과 뱃속의 아이를 생각해준다는 거니까. 고마운 일은 그뿐만이 아니었다.

저번 주에 자신과 함께 산부인과에서 출산 예정일을 들은 다음 날부터 회사 업무를 전부 집에서 처리하는 등, 정말 중요한 안건이 아니면 온종일 자신과 같이 있어줬다.

'100개나 확인했는데 끌리는 디자인이 없네. 내 마음에 안 드는 건 운수 대통령도 탈락시킬 테고. 우선 점심부터 먹자.'

우우웅.

몸을 일으키려던 찰나, 한 통의 전화가 걸려왔다.

· · · ◆ · · ·

서유라와 점심을 먹었다.

식곤증이 찾아온 그녀가 잠들 때까지 기다린 뒤에야 천안으로 내려갈 수 있었다.

"아, 대표님 오셨습니까."

천안지사 건물에 도착하자 작업반장이 제일 먼저 다가왔다.

"고생이 많으십니다."

"돈 받고 하는 일인데 고생은 무슨요. 건물 상황 보려고 오신 거예요? 보다시피 아내분 출산쯤에 맞춰서 완공될 거 같습니다."

"좋은 일이 두 개나 있다면 올해 최고의 기억이 될 거 같네요. 그래도 너무 무리하지 마세요. 박카스 몇 박스 사왔으니까 점심 때 다 같이 드시고요."

"아요, 뭘 이런 걸 다. 인부 생각해주는 대표님은 최창수 대표님 밖에 없네요. 감사히 잘 먹겠습니다!"

박카스를 챙긴 작업반장이 곧장 인부를 집합시켰다.

그들과 인사를 나누며 최창수는 AG기업 천안지사 옆 건물로 향했다.

그곳에는 최창수가 천안지사 땅과 함께 매매한 카센터가 있었다.

"대표님!"

차 밑에서 기어 나온 최태호가 손을 흔들었다. 그 뒤에는 최태호와 함께 계약한 몇몇 직원이 더 있었다.

"지금 부품 다시 점검하는 중입니다. 이것만 끝나면 진짜 완성이에요!"

1시간 정도 부품을 점검하고, 직원들과 이런저런 얘기를 나눈 최태호.

그가 최창수에게 차키를 건넸다.

"마지막 점검은 대표님이 해주세요."

"그래도 됩니까? 지금 태호 씨 표정이 첫 시승 하고 싶어서 안달 났는데."

"대, 대표님이니까 드리는 겁니다."

"풉. 두 번째 시승은 꼭 태호 씨가 하세요."

차키를 받은 최창수.

그가 방금 막 완성된 차량을 바라봤다.

'멋있다.'

자동차 사업의 첫 발자국으로 제작한 차량은 최태호와 중국에서 같이 나눴던 얘기를 토대로 디자인했다.

전체적인 디자인은 람보르기니와 비슷하지만 외관을 더욱 화려하게 꾸몄다.

우선 차 전체를 7등분해서 무지개 색으로 도색을 했다.

지붕에는 가시밭길처럼 장식을 달았고, 범퍼 쪽 날개는 어릴 적 만화에서 등장하는 자동차처럼 크고 날카로운 놈으로 골랐다.

쥐이이잉.

차 리모컨 버튼을 누르자 딱 두 개인 문이 날개를 펼치듯 위로 올라갔다.

운전석에 오른 최창수가 차 내부를 확인했다.

차 내부는 근사하면서도 편안함을 추구했다.

미터기를 포함한 모든 건 시시각각 색이 바뀌어 화려하다. 버튼 하나만 누르면 원하는 색으로 지정이 가능하기도 하다.

운전석 좌석은 등이 푹 담길 정도로 푹신했고, 조수석과 뒷좌석은 침대시트처럼 하나로 연결되어 있다.

운전자를 제외한 탑승자는 집처럼 편하게 누워있을 수 있고, 운전자 역시 지쳤을 때는 이곳에서 숙면을 취하는 것도 가능하다.

환풍기까지 설치했으니 에어컨이나 히터를 키고 잠들어도 생명에 위험이 없다.

"정확히 몇 마력이죠?"

"3천 마력입니다. 최상급인 부품은 법에 맞춰서 한계까지 개량해서 장착했고요. 전 세계 차중에 최고로 연비가 좋을 거라고 자부합니다."

대답을 들은 최창수에가 차에서 내렸다.

"다른 분들은 차 뒷바퀴 좀 들어주세요. 태호 씨는 액셀 밟아보시고요."

"아, 알겠습니다."

신이 나서 차에 오른 최태호가 힘껏 액셀을 밟았다. 그러자 차 후면이 형형색색으로 빛나기 시작했다.

"이야, 진짜 부스터 쓰는 거 같네."

감탄을 터트리고 바퀴로 시선을 돌렸다.

빠르게 회전하는 바퀴.

네 개의 바퀴도 각각 색깔이 전부 다르지만, AG로고만큼은 흰색으로 통일됐다.

회전하는 바퀴가 AG 로고를 계속 보여줬다.

"끝내주죠?"

최태호가 해맑게 물었다.

"네, 딱 상상하던 이미지대로 잘 만들어졌네요."

"비용이 많이 들긴 했지만 이 정도 퀄리티면 더 비싼 값에 팔 수 있을 거 같습니다."

"그러게요. 우선 강남이랑 홍대 쪽 부자동네 몇 바퀴 돌고 오겠습니다. 판매도 사람 눈에 들어가야 가능하니까요."

"옙. 잘 다뤄주세요."

최태호가 자신의 자식을 어루만지듯 차를 쓰다듬었다.

차에 오른 최창수가 다시 시동을 걸고 액셀을 밟았다.

부아아앙!

엄청난 소리와 함께 차가 도로를 누비기 시작했다.

'승차감은 최고라는 말도 모자랄 정도네. 배기음도 너무 시끄럽지 않으면서도 마니아의 마음을 사로잡을 정도고. 당분간 내 본 차는 못 타겠는데?'

마침내 최창수가 홍대에 도착했다.

"와, 저 차 뭐야? 외관 봐, 무지개야 무지개. 장난 아니게 화려한데?"

"차 날개랑 후면도 장난 아닌데? 처음 보는 차인데 어디서 영화라도 촬영하나?"

유동인구가 엄청나게 많은 홍대.

아직 오후 4시 밖에 안 됐음에도 사람은 많았고, 그 중 대부분이 최창수의 차를 바라보고 있었다.

당연하다.

이제는 익숙한 차 사이에 처음 보는 차가 끼어들었으니까.

심지어 그 차는 외관도 화려했고, 배기음도 일반 차종보다 컸다. 결정적으로 외제 스포츠카의 상위 호환처럼 생긴 게 젊은이들의 마음을 사로잡은 포인트였다.

최창수가 근처 도로에 차를 세웠다.

그러자 계속 바라보기만 하던 행인들이 몰려들어 사진을 찍기 시작했다.

그 중 최창수의 트위터나 페이스북 친구가 제법 많은지 어떤 식으로 사진을 찍고 코멘트를 달았는지도 바로 바로 확인할 수 있었다.

'이목 하나는 제대로 잡네.'

차 주변에 몰린 사람만 얼추 50명이다.

최창수가 차 문을 열었다.

"우와!"

차 문이 날개 펼치듯 위로 쫘아악 올라가니 행인들의 감탄사가 사방에서 터져 나왔다.

"차 내부도 되게 신기하게 생겼어. 운전석만 있는데?"

그들은 차 내부도 찍어 SNS에 올렸다.

"좋은 날입니다."

최창수가 행인들에게 말했다.

차만 바라보던 그들의 시선이 최창수에게 몰렸다. 그리고 대부분 놀란 표정이 됐다.

"최, 최창수 씨?"

"헉! AG기업 최창수 대표님 맞죠? 와, 대박! 직접 보는 건 처음이야, 어떡해! 완전 잘 생겼어!"

"야, 저 사람 애 아빠야."

"애 아빠가 뭔 상관이야! 남자는 키랑 얼굴인데!"

연예인 못지않은 반응을 받는 최창수.

'얼굴 많이 알리길 잘 했어. 젊은 사람들도 날 아니.'

몇 몇은 AG기업의 옷을 입고 있었다.

"최창수 대표님 차 였구나. 역시 부자는 차도 색다른 거 타고 다니네."

"이 차 어디서 산 거예요?"

운 대통령

"저랑 직원이랑 같이 만든 차입니다. 음, 괜찮다면 차 배경으로 하고 저랑 같이 사진 찍으실 분 계세요?"

"헉, 저요 저!"

"저도요!"

언제 어디서 유명인과 사진 한 번 찍어볼 수 있겠는가.

한 명도 빠짐없이 손을 들었고, 새로 유입되는 사람도 얘기를 듣고는 최창수 곁으로 몰렸다.

"차, 차례대로 다섯 명씩만 오세요! 한 분도 빠짐없이 사진 찍을게요."

약속을 한 뒤에야 사람들이 하나 둘 물러났다.

그로부터 최창수는 30분에 걸쳐 사진을 찍었고, 그걸 SNS에 올렸다.

〈안녕하세요, 여러분 AG기업 대표 최창수입니다! 중대 발표가 있는데 오늘까지 계속 참다가 겨우 말합니다! 시민들과 함께 찍은 사진 속 배경인 차 보이죠? 이번에 AG기업이 자동차 쪽으로 사업을 확장하려고 합니다. 이 차는 그 첫 걸음이고요! 공개는 여기까지! 자세한 건 나중에 또 말해드릴게요~〉

항상 그렇듯 무서운 기세로 좋아요가 눌리고 댓글이 달리기 시작했다.

'홍대는 이 정도면 됐고, 다음은 강남이다. 최대한 많은

사람에게 알리는 게 중요해.'

"죄송합니다만, 급하게 갈 곳이 있어서 사진은 여기까지만 찍을게요."

"아! 저까지만 해주시면 안 돼요?"

"다음에 꼭 같이 찍어드릴게요!"

한 명만 특혜를 주면 다른 사람에게도 줘야 한다. 최창수가 급하게 차에 올라타 액셀을 밟았다.

그때였다.

"스탑!"

최창수가 급하게 브레이크를 밟았다. 충격을 못 이겨 핸들에 머리를 박고 말았다.

"아 씨 뭐야."

쓰라린 이마를 문지르며 고개를 들었다.

그곳에는 눈에 익은 외국인 남성이 두 팔을 벌린 채 서 있었다.

· · · ◈ · · · ·

운전자가 스트레스 받는 상황은 무수히 많다.

신호가 바뀌었는데도 앞차가 달리지 않는다거나, 옆 차선에서 상대방이 끼어든다거나, 출발하려는데 사람이 튀어나와 급정지를 하게 된다거나.

그 중 최창수가 겪은 건 맨 마지막에 속했다.

"이봐요! 위험하게 끼어들면 어떡합니까!"

차에서 내린 최창수가 영어로 소리쳤다.

구경하던 행인들은 유창한 최창수의 영어발음에 속으로 감탄을 터트렸다. 몇 몇은 최창수의 영어 실력을 SNS에서 칭찬하기도 했다.

그때였다.

"어, 저 외국인 어디서 본 거 같지 않아?"

"그러게, 익숙한 얼굴인데?"

"원트맨에 나온 로베트 아니야?"

그 말을 방아쇠로 행인들이 휴대폰으로 로베트라는 이름을 검색하기 시작했다. 제법 경력이 화려한 영화배우의 사진이 나왔는데 놀랍게도 바로 앞 사람과 정확히 일치하는 얼굴이었다.

"로베트다! 영화배우 로베트가 맞아!"

"저, 저기요! 저 사인 좀 해주세요!"

하루에 무려 두 명의 유명인을 두 눈으로 직접 봤다.

환장한 행인들이 로베트에게 달려들었다.

"노."

하지만 로베트는 그들을 반갑게 맞이해주지 않았다. 두 손을 앞으로 쭈욱 뻗으며 거부인사를 표할 뿐.

"죄송하지만 급한 일이 생겨서 사인도 사진도 안 됩니다."

그가 어눌한 발음으로 말했다.

그렇다고 포기할 한국인이 아니다. 보이는 걸 중시하는 그들은 어떻게 해서든 로베트와 추억을 남기려 했지만, 그는 아무것도 안 들린다는 등 무시하면서 최창수에게 다가갔다.

두 사람이 마주하자 행인들 사이에 적막한 분위기가 감돌기 시작했다.

"갑자기 끼어든 거 사과드리겠습니다."

아까 전 최창수의 영어실력을 직접 봤기에 로베트는 자국어를 사용했다.

"궁금한 게 있습니다. 혹시 이 차 주인이신가요?"

"네."

"그, 그렇군요."

로베트가 두 눈을 크게 뜨며 침을 꼴깍 삼켰다.

"실례가 아니라면 한 번 구경할 수 있을까요?"

"구경이요?"

그 순간 최창수의 머릿속에서 좋은 홍보방법이 하나 번쩍였다.

"사진 한 장 찍어주시면요."

"사진이요?"

로베트가 고민했다.

방금 전, 자신의 한국인 팬들의 사진도 거절했는데 어떻게 최창수의 부탁을 들어줄 수 있겠는가. 그렇다고 거절하기에는 최창수가 기대고 서 있는 차가 너무나도 매력적이었다.

"곤란하면 사람들 물러나고 찍어주셔도 돼요."

"그럼 그렇게 하겠습니다."

대답하기가 무섭게 로베트가 최창수의 차로 다가와 구경하기 시작했다.

"오……."

차 외관과 내부를 확인하는 로베트가 쉴 새 없이 탄신을 터트렸다.

운전석은 최고급 소파에 앉은 것처럼 부드러워 장시간 운전을 하더라도 전혀 지칠 거 같지 않다. 네비게이션 겸용 TV도 존재하고 같이 달린 스피커도 상당히 좋은 놈이다. 침대를 고스란히 갖고 온 느낌의 조수석과 뒷좌석 덕분에 스포츠카처럼 생긴 캠핑카라는 이미지를 받았다.

바퀴 색깔도 화려해 눈길을 사로잡았고, 최창수의 도움으로 보게 된 부스터를 연상시키는 차 뒤편은 흥분을 못 참고 소리를 빼액 지르게 만들었다.

"지, 직접 만드신 겁니까?"

차 구경을 마친 로베트가 물었다.

전 세계적으로 자신을 모르는 사람이 없을 정도로 유명한 영화배우 로베트. 연기실력은 물론 인성까지 좋아 엄청난 수의 팬을 보유하고 있다. 아무리 재미없는 영화라도 그가 주연배우면 최소 본전은 뽑는다는 속설이 있을 정도다.

친구의 부탁으로 인해 소극장에 서서 우연히 영화배우 제의를 받기 전까지는 자동차 정비소에게 근무를 한 경력이 있다. 그 역시 최태호처럼 차에 죽고 차에 사는 남자였다.

"관심이 있으신가 봐요?"

"네. 괜찮다면 제작자를 만나고 싶은데요…… 그리고."

로베트가 다시 한 번 차를 바라봤다.

몇 번을 봐도 멋있다.

스포츠카는 외관을 멋스러움 덕분에 실용적인 면을 포기하기 마련이건만, 이 차는 멋과 편안함이라는 두 마리 토끼를 전부 잡았다. 그걸 억지로 쑤셔 넣었다는 느낌은 하나도 없다.

'이 녀석, 갖고 싶다…….'

차덕후로 유명한 로베트다. 배우로 번 돈 대부분을 각종 차 구매 및 유지비용에 써서 돈이 별로 없다는 건 그의 팬이라면 누구나 알고 있다.

"이 차. 얼마쯤 생각하시죠?"

· · · ◈ · · ·

AG기업 대표실.

로베트와 최태호가 마주앉아 있었다.

'대, 대표님은 언제 오시지?'

몇 시간 전, 최창수가 천안지사 옆 생산 공장으로 돌아왔다. 로베트와 함께 말이다. 그러고는 고객이 왔다는 말만 남기고는 자신과 로베트를 AG기업 대표실에 앉혀뒀다.

'이럴 줄 알았으면 영어 공부도 부단히 해둘 걸!'

대학원 시절 때만해도 어느 정도 영어를 했지만, 중국으로 떠난 지금은 할 줄 아는 언어가 한국어와 중국어뿐이었다. 물론 영어실력이 나쁜 건 아니지만 대한민국에서 입시영어만 배운 몸이라 회화에는 큰 어려움이 따른다.

"오래 기다리셨죠?"

그때였다.

드디어 이 어색한 분위기를 없애줄 사람이 들어왔다.

"대표님!"

반가운 마음에 소리까지 질렀다.

"왜 그래요?"

"와. 저 진짜 대표님 없어서 답답해 죽는 줄 알았어요. 한 마디도 못하고."

"태호 씨 대학원까지 나와서 영어 제법 하실 줄 알았는데요."

"입시영어랑 회화는 또 다르죠······."

한숨을 쉬며 최태호가 자리에 앉았다. 방금 전까지 조용하던 로베트도 그제야 안도의 한숨을 내쉬었다. 여행으로 한국에 온 지 3일 째, 그 사이 대화가 안 통하는 타국인과 생활하는 게 얼마나 힘든 일인지 몸소 깨우쳤으니까.

"많이 기다리셨죠?"

"아뇨. 차 제작 사진을 보니 시간 가는 줄도 몰랐습니다."

로베트의 앞에는 몇 개월 간 차를 제작하면서 찍어둔 사진 몇 장이 놓여 있었다. 그 짧은 시간 동안 얼마나 봤으면 몇 몇 사진은 끝부분이 접혀 있기까지 했다.

"몇 몇 서류 좀 챙기고 왔습니다."

최창수가 테이블에 차를 올려뒀다.

차 제작에 들어간 비용, 사용된 부품, 디자인 및 도면 등등.

이번 차를 제작하면서 작성했던 모든 자료였다.

이걸 갖고 온 이유는 간단했다.

"구매 하실 의향이 있는 거죠?"

"네, 그렇습니다."

로베트가 고개를 끄덕였다.

'설마 이렇게나 빨리 구매희망자가 나타날 줄이야. 행운을 3단계로 맞추고 나가길 잘 했네. 얼마쯤이며 될까?'

이번 차 제작에 소모된 비용은 총 10억 정도다.

판매가는 최소 두 배. 로베트의 반응을 보고 충분히 더 높일 수도 있다.

만약 상대방이 평범한 재벌이었다면 이 차를 판매할 생각 자체를 안 했을 거다. 이번 차는 어디까지나 초기 홍보용으로 제작한 차니까. AG기업에서 이런 디자인과 실용성을 가진 차를 제작할 능력이 있으니 관심 있는 사람은 입사지원을 하고, 소비자들은 차후 미래를 기대해달라는 뜻으로 사용할 생각이었다.

시작부터 타인 손에 넘어가면 돈을 생겨도 홍보력 자체는 떨어지게 되니까.

'유라가 꼭 사진 찍어오라고 했지. 유명한 사람이긴 한가 봐.'

최창수의 취미활동은 회사 업무다. 혹은 대한민국에 존재하는 부조리를 발견하고 어떤 식으로 해결하면 좋을지 구체적으로 계획하는 것 정도.

그러다 보니 로베트라는 인물도 오늘에야 알게 됐다.

'유명인사가 AG기업의 차를 타고 다닌다. 전 세계적으로 유명한 존재니 홍보 효과는 발군이겠지. 게다가 AG차는 전 세계를 상대로 영업할 거니까.'

그 첫 소비자로서 로베트는 최고 그 자체다.

"아시려나 모르겠지만 대한민국의 자동차 산업은 꽤나 뛰어난 편입니다. 그 중에서도 AG기업에서 만든 차량은 수준급의 전문가들이 모여 만든 차고요."

우선 최태호가 제작에 참여했다. 그 외 열 명의 직원 역시 타 대기업에서 이름 제법 날린 경력이 있다.

"공장 기계가 아닌, 직원 모두의 손길이 닿은 작업물입니다. 가격이 제법 비쌀 겁니다."

"돈은 얼마든지 부담할 수 있습니다."

어릴 적 집안이 가난했던 사람은 보통 경제적 여유가 생기면 갖고 싶은 물건에 아낌없이 돈을 쓰는 경우가 많다. 로베트가 바로 그런 예시였다. 영화배우로 성공한 뒤로는 더 이상 돈에 얽매여 살 필요가 없게 되니 갖고 싶은 차가 생기면 모조리 구매했다.

현재 그의 차고에는 50여대의 차가 세워져있고, 그 중 20대도 생산하지 않은 초고급 한정한 차량도 몇 대 존재한다.

사람이라면 환장할 수밖에 없는 한정판.

이것 역시 로베트의 구매 욕구를 자극시킨 요인 중 하나였다.

"이 차. 전 세계에서 딱 한 대 밖에 존재하지 않는 차 맞죠?"

"물론이죠. 로베트 씨는 AG자동차의 첫 소비자니 아직 공개되지 않은 시스템을 설명해드리겠습니다."

최창수가 말을 이었다.

"우선 저희 AG기업은 패션과 요식업으로 빠르게 성장했습니다. 조만간 이 두 개를 선두로 해외 지사도 설립 예정입니다. 그전에 추가한 사업이 바로 이 자동차 산업입니다."

"네."

"처음에는 타 대기업처럼 할까 생각했지만, AG기업의 빠른 성장 요인 중 하나가 차별화라서 생각을 바꿨죠."

AG기업이 갖고 있는 차별점.

대기업으로 성장한 뒤에도 앤젤 쇼핑몰 시절에 운영한 온라인 매장을 계속 운영하고 있으며 적립금 혜택 등등 소비자의 이득을 우선시 하고 있다.

음식 역시 각 지역에 하나만 존재한다는 컨셉으로 희소성을 끌어올렸다.

이번 자동차 산업 역시 마찬가지였다.

"AG자동차는 무조건 주문제작만 받습니다. 전 세계에서 단 한 대만 존재한다는 콘셉트로 말이죠."

이게 바로 운수 대통령과 함께 정한 자동차 사업의 방향성이었다.

모든 차는 주문제작.

진행 단계는 이러하다.

구매 희망자가 나타나면 원하는 콘셉트와 디자인을 설명한 후 예상 금액의 절반을 입금한다. 그 후 전문 디자이너가 디자인을 짜서 희망자에게 보여주며, 소비자가 만족할 때까지 몇 번이고 디자인 수정이 가능하다.

소비자가 만족했다면 바로 직원 수작업으로 제작을 진행한다.

제작 기간은 요청에 따라 다르지만 3개월이 기본이다.

'자동차는 명품과도 비슷하지. AG기업은 명품 자동차를 만드는 거야.'

때문에 전 세계에서 단 한 대밖에 존재하지 않는 당신의

차를 만들어보세요! 라는 문구로 대대적인 홍보를 할 생각
이었다.

사업의 방향성을 들은 로베트는 흥분했다.

"그, 그럼 언제든 이곳을 통하면 저만의 차를 가질 수 있
는 겁니까?"

"물론이죠."

"지, 지져스……!"

자동차 애호가에게 있어 한정판 차량은 목숨과도 같은
것. 때문에 몇 십 대 한정으로 제작한 스포츠카의 가격이
2~30억을 호가하더라도 금세 완판이 되는 거다.

로베트에게 있어 AG자동차의 사업방향성은 투자를 해
서라도 평생 유지시키고 싶을 정도로 매력적이었다. 돈만
있으면 얼마든지 자신의 욕구를 충족할 수 있으니까. 순간
적으로 한동안 출연제의를 전부 수락해야겠다는 생각까지
들었다.

"우선 이 차는 AG자동차의 첫 시작을 끊는 만큼 더욱 심
혈을 기울여서 제작했습니다."

최창수가 계산기를 두들겼다.

제작 단가, 그리고 인건비. 결정적으로 한 대만 존재한다
는 희소성에서 발생한 비용을 전부 더해 로베트에게 보여
줬다.

"판매가격은 이 정도 생각하고 있습니다."

가격을 본 로베트의 두 눈이 휘둥그레졌다.

딱 한 대만 존재하면서 마음에 드는 자신만의 차.

그런 차가 세상에 존재하면 얼마가 되더라도 구매할 의사가 있었다.

때문에 최창수가 제시한 가격을 보고도 한순간 놀랐을 뿐, 반발심은 들지 않았다.

"50억이라……."

최창수가 모든 자료를 공개했기에 원가가 얼마인지는 알고 있다.

희소성.

제작에 필요한 기간 스킵.

단지 그것만으로 30억이란 가격이 추가됐다.

하지만 아깝다는 생각은 전혀 들지 않았다.

자동차 애호가라면 자신만의 드림카는 존재하니까.

만약 그 드림카가 존재하지 않을 경우에는 큰돈을 들여서라도 만들고 싶은 게 그들의 마음이다.

그리고 최창수가 제작한 차는 드림카 그 자체였다.

스포츠카의 멋스러움을 간직하면서도 실용적인 안락함을 추구했다. 그 외 부스터를 연상시키는 차 뒤편이나, 눈길을 사로잡는 차 날개는 마치 어릴 적 봤던 애니메이션을 연상시킨다.

당장 차고에 존재하는 50대의 마이카보다 이 차 한 대가 더 마음에 들었다.

"언제까지 입금하면 됩니까?"

"참고로 반품은 절대 안 됩니다. 그러니까."

최창수가 로베트에게 차 키를 건넸다.

"귀국 전 날까지 마음껏 타보시고 결정하세요."

"……저, 정말입니까?"

"물론이죠. 무려 50억입니다, 50억. 큰돈 주고 샀는데 마음에 안 들면 안 되잖아요?"

게다가 국내에서 해외로 차를 보내려면 복잡한 절차를 전부 통과해야 한다. 로베트가 차를 갖고 몰래 도망치는 일은 불가능……. 하지만 사고는 어느 정도 가능성이 있다.

두 사람은 의논 끝에 사고 발생 시 제작비의 절반을 보상하기로 했다.

"잘 타겠습니다."

차 키를 받은 로베트가 허리를 숙인 후 밖으로 나갔다.

창문 너머로 보이던 차가 곧 저 멀리 사라졌다.

"정말 괜찮을까요? 판매가 50억짜리 차인데……."

"GPS도 탑재되어 있는데다가 로베트는 이미지 관리를 해야 하는 배우인데 걱정할 필요 있나요? 그보다 기분이 어떠세요?"

"기분이요?"

"본인 손으로 만든 첫 차를 떠나보낸 기분이요."

"아……."

최태호가 짧게 탄식을 흘렸다.

"복잡하네요. 직접 개량하고 연구 끝에 만든 부품을 팔 때는 별 생각 안 들었는데, 이번 차는 제가 총괄해서 녀석이라 그런 지. 솔직히 대표님이 판매한다 했을 때 벌써 헤어져야 한다고? 이런 생각이 들었네요."

"익숙해지셔야 해요. 제작 때는 자식처럼 애정을 쏟아부어야 하지만, 판매할 때는 물건으로서 대해야 태호 씨가 안 힘들어요."

"예, 명심하겠습니다. 그리고…… 뜬금없지만 정말 감사합니다."

최태호가 고개를 숙였다.

"대표님 덕분에 좋은 경험을 하게 됐어요. 대표님이 없었다면 아직도 중국에서 삐끼나 하고 있었을 거예요."

새삼스럽지만 진심이었다.

최창수가 없었다면 자신은 돈을 모으고 한국으로 돌아왔더라도 절대 자신의 차는 만들지 못했을 거다.

타 대기업에 입사해 수명이 정해진 목적지를 향해 쉴 새 없이 기계처럼 정해진 작업만 반복했을 뿐.

하지만 최창수를 만났기에 인생이 180도 변했다.

대학원 시절 때처럼 자신의 재능을 무시하거나, 자신을 밑에 두려고 안달난 놈들하고는 다르다. 진정으로 자신의 재능을 인정해주고 그것이 더욱 잘 살아나게 다방면에서 도와주고 있다.

이번에도 마찬가지다.

언제 한 번 자신이 만든 차가 50억이라는 고가를 측정받고, 그 차를 유명한 영화배우에게 팔겠단 말인가.

이 모든 게 최창수가 자신을 믿고 기회를 줬기에 가능한 일이었다.

"전 발판만 마련해 준거니까 감사할 필요 없어요. 지금처럼만 잘 해주세요. 천안지사 건물도 완공이 가까워지고 있으니 조만간 본격적으로 시작할 거예요."

"네, 알겠습니다."

. . . ◈ . . .

귀국 전까지 신나게 AG차를 탄 로베트.

며칠간에 탑승으로 더욱 차의 매력을 알게 된 로베트는 구매비용을 바로 입금했다.

해외 배송에 필요한 절차는 비서를 통해 전부 처리하게 시켰다.

그로부터 약 2주 뒤.

SNS에 한 장의 사진이 올라왔다.

〈Good〉

짧은 영문장 하나.

사진 속 로베트는 자신의 얼굴과 함께 차 내부와 외관을 찍어 AG차, 딱 한 대만 존재하는 드림카에 대한 애정을 가득 뽐내고 있었다.

유명한 영화배우가 올린 페이스북 게시물은 엄청난 속도로 좋아요와 댓글이 추가되면서 전 세계로 퍼져나갔다.

'기대 이상이네.'

실시간으로 해당 게시물의 반응을 본 최창수는 흐뭇한 미소를 지었다.

로베트라면 차가 도착하기가 무섭게 사진을 찍을 줄 알았다. 하지만 이 정도로 세세하게 찍어 자랑하는 건 생각하지 못했다.

그 예상치 못한 반응이 너무나도 고마웠다.

차 곳곳에 AG로고를 박아뒀으니까.

로베트가 직접 차를 몰지 않는 이상, 차 뒤편에 부착된 작은 로고 말고는 AG기업의 차라는 걸 알릴 기회가 없다.

하지만 지금처럼 차 내부까지 인터넷에 공개해주면 AG기업을 해외에도 홍보할 수 있는데다가, 그가 게시물 마지막에 적은 '대한민국의 AG기업이라는 곳에서 구매했습니다' 문구 덕분에 파급력은 엄청났다.

당장 댓글만 봐도 AG기업이 뭐냐는 외국인들의 궁금증이 가득이었다. 그 중 몇 몇은 인터넷 검색으로 얻은 AG기업에 대한 간략한 정보를 공유하기도 했다.

그 정보에는 AG기업의 연락처도 있었다.

"대표님!"

노크 후 대표실 문이 열리고 비서가 들어왔다.

"고객 문의실에 갑자기 국제전화가 폭주하는데 어떡하죠? 원인부터 파악할까요? 직원 중 회화가 가능한 직원도 없는 지라 업무에 혼선이……."

얼마나 당황했으면 자신을 대할 때마다 사용하는 다나까 말투까지 사라져 있었다.

"아마도 이거 때문인 거 같네요."

최창수가 SNS를 보여줬다.

그제야 비서는 국제전화의 정체를 알았지만 해결책까지는 몰랐다.

"우선 국제전화 차단해달라고 협력사에 요청하세요. 나머지는 제가 알아서 할 게요."

"네, 알겠습니다."

비서가 밖으로 나갔다.

최창수는 페이스북 게시물 작성 버튼을 클릭했다.

'로베트의 위력이 엄청나긴 하네. 게시물 작성한 지 아직 하루도 안 됐는데 벌써 해외에서 전화까지 걸려 오다니.'

역시 운수 대통령의 힘이 실린 차였다.

제작은 최태호를 비롯한 직원이 했지만, 디자인과 부품 선택 등등 자잘한 부분은 전부 운수 대통령이 결정했으니까.

운수 대통령의 행운이 잔뜩 첨가된 AG차 1호였다.

그 행운은 해외에서도 통했다.

복이 굴러왔으니 미리 판을 벌려두는 게 좋다.

최창수는 페이스북에 영어로 AG기업을 소개하는 문구, 그리고 메일 주소를 공개해 문의사항은 이곳으로 넣어달라는 게시글을 작성했다.

계약서에 적힌 로베트의 번호로 전화를 걸어 좋아요를 눌러 달라 부탁하는 것도 잊지 않았다.

이래야 해외로 퍼져나가니까.

"자, 그럼 이제 면접이나 보러 갈까."

대표실에서 나온 최창수가 엘리베이터에 올라 6층을 눌렀다.

문이 열리기가 무섭게 6층에 있는 회의실에서 웅성거림이 들려왔다.

"아, 대표님 오셨어요."

회의실 문 밖에 서 있던 인사팀 직원이 말했다.

"면접자들 전부 왔나요?"

"네. 150명 한 명도 빠짐없이 출석했습니다. 전진문 임원님이 먼저 들어가서 이력서 읽고 있어요."

"그렇군요. 2시간 안으로 면접 끝날 예정이니 시간 맞춰서 다시 올라오세요."

"알겠습니다."

직원의 어깨를 두들긴 최창수가 회의실로 들어갔다.

그리고 이어지는 정적.

AG기업 대표의 등장은 지원자들의 웅성거림을 전부 멎게 만들 정도의 힘을 갖고 있었다.

"오셨습니까."

자리에 앉아 전진문이 고개를 숙였다.

몇 번의 방문, 그리고 그녀의 딸과 함께 펼친 공세 덕분에 전진문은 오뚝이에서의 아픔을 잊고 AG기업 경영 임원이 되기로 마음을 먹었다.

"오늘이 첫 출근인데, 바로 면접이 있다기에 놀랐습니다."

"미리 말씀 안 드려서 죄송하네요."

"괜찮습니다. 오랜만에 면접자들 이력서 읽으니 풋풋함과 열정이 느껴져서 좋네요. 역시 전 워커홀릭인 듯 합니다."

"하하, 그럼 다행이네요. 자, 그럼 면접 시작해볼까요."

최창수가 150명의 지원자를 확인했다.

"다들 아시겠지만 이번 면접은 AG기업에서 새로이 확장하는 자동차 사업, 천안지사에서 근무할 직원을 뽑는 자리입니다. 초기 지원자는 5천 명. 그 중 서류 심사를 통해 150명으로 간추렸습니다."

초기 지원자 수를 들은 면접자들이 크게 놀랐다. 단 2주일 간 열린 공고에 그만한 인원이 몰렸다는 게 믿기지 않았으니까.

한편으로는 무시무시한 경쟁률을 뚫고 1차 면접에 합격한 자신이 자랑스러웠다.

"이 자리에 계신 여러분은 엘리트 중 엘리트입니다. AG기업은 최정상의 자리를 향해 부단히 노력하는 기업이기에 최고가 아닌 사람은 절대 뽑지 않습니다. 축하드립니다."

최창수가 느닷없이 박수를 쳤다.

"모두 합격입니다."

"……네?"

전진문이 화들짝 놀랐다.

보통 1차 서류 심사에서 합격한 인원은 2차 면접에서 간단한 질문을 던진다. 그 질문으로 해당 면접자의 인성은 물론 가치관을 파악하고 기업에 해가 되지 않는 인원만 합격시킨다.

그 단계를 스킵하고 무작정 합격을 주는 대기업은 듣도 보도 못했다.

"지, 진짜에요?"

면접자 한 명도 비슷하게 생각했는지 조심스럽게 물었다.

최창수는 고개를 끄덕였다.

"네. 여러분의 이력서만 봐도 이 인물이 AG기업을 어떻게 생각하고, 어떤 인생을 살아왔고, 어떤 가치관을 가졌는지 전부 알 수 있었습니다. 이 사람은 AG기업에 도움 되는 사람이라 판단했기에 합격시킨 거고요."

"어……."

면접자들이 멍한 얼굴이 됐다.

분명히 합격은 했는데 기쁨 보다는 당혹이 더 컸으니까.

"전 노력한 사람에게는 반드시 보상이 돌아오는 세상을 만들고 싶습니다. 여러분들은 그 보상을 위해서 부단히 노력해왔고, 많은 걸 포기했겠죠. 저 역시 그런 삶을 살았고, 그런 사람을 많이 봤습니다. 그래서 기회를 주고 싶습니다. 보상을 받을 기회를요."

"대, 대표님 뜻은 알겠지만 그래도 심층토론 정도는 하는 게……."

전진문이 조심스럽게 물었다. 하지만 최창수는 고개를 저었다.

"아뇨, 이 인원은 전부 합격입니다. 전진문 임원님을 이 자리에 부른 건 앞으로도 종종 이런 경우가 있을 테니 미리 경험하라 부른 거고요."

"으음……."

"제 안목을 믿으세요. 그리고 이 인원은 전부 천안지사에 배정받을 예정이에요. 추려봤자 천안지사 운영에 힘만 더 들어요."

최창수가 다시 면접자들에게 고개를 돌렸다.

'뽑아도 문제는 없다. 이들이 내게 이득을 줬으면 줬지, 절대로 손해를 가져올 일은 없어.'

왜냐면 이들은 운수 대통령의 힘으로 선별한 인원이었으니까.

개중에는 스펙이 살짝 모자란 사람도 있었지만, 운수 대통령이 뽑으라는 신호를 줬기에 이 자리에 불렀다.

"합격 통지서를 보내도 되지만 굳이 부른 이유는 다시 한 번 의사를 묻기 위해서입니다. 여러분은 정말로 AG기업과 함께 미래를 향해 걷고 싶으십니까? 의사가 있는 분에게는 타 대기업하고는 비교도 안 되는 대우를 해드리겠습니다."

면접자들이 서로를 바라봤다. 모두 초면이었지만 각자가 가진 생각은 똑같았다.

'당연히 해야지!'

AG기업이 사회에서 어떤 이미지를 갖고 있는 기업인지는 누구보다 잘 알고 있다.

타 대기업과는 비교도 안 되게 초봉이 많고, 직원 대우가 좋다. 예전과 달리 이제는 AG기업에 입사하는 게 가문의 영광이자 인생의 성공이라 생각하는 취업준비생도 많아졌다.

무엇보다 최창수의 말이 심금을 울렸다.

노력한 보상을 주겠다니.

대기업 입사가 꿈인 사람이 대게 그렇듯 학창시절 전부를 공부에만 투자했다.

졸업한 이후에도 오직 대기업 입사만을 향해 달렸다.

도중에 생활이 힘들 때는 아르바이트도 했고, 인턴 생활도 자주 했다.

하지만 그때마다 자신들이 받은 대우는 어떠한가?

아르바이트는 제대로 된 복지도 없는 주제에 임금을 적게 주려고만 하는 놈들도 가득했다.

인턴 역시 능력을 보이면 정직원으로 채용해주겠다는 달콤한 말과 함께 단물만 쪽 빨아놓고 적은 월급과 함께 자신을 내동댕이쳤다.

노력에 대한 보상을 제대로 해주는 곳은 없었다.

어떻게 해서든 자신들의 간절함을 이용하려는 악덕업자로만 가득했다.

하지만 최창수는 아니었다.

오직 서류만 보고 자신들의 가능성을 인정해주고, 노력에 대한 정당한 보상을 주기 위해서 뭐 하나 더 따지지 않고 합격통보를 내렸다.

"하겠습니다!"

"저, 저도 하겠습니다!"

"뽑아주셔서 정말로 감사합니다! AG기업을 위해서 제 인생을 바치겠습니다!"

한 명을 시작으로 면접자 전원이 고개를 조아리거나, 허리를 숙이는 등 최창수에게 감사를 표했다.

"제게 감사할 필요는 없습니다. 여러분은 뽑힐 만 해서 뽑힌 거니까요. 여러분의 의사는 잘 알겠고, AG기업과의 동행을 결정해주셔서 감사드립니다. 정확한 출근 일정은 차후 문자로 알려드리겠습니다. 남은 시간은 AG기업의 경영방침에 대해서 얘기하죠."

최창수가 프로젝터를 켰다. 그러자 등 뒤 스크린에 경영방침과 함께 AG기업 직원으로서 갖춰야 할 기본적인 마인드가 떠올랐다.

내용은 간단했다.

최창수의 마인드 자체를 직원들이 배워야 한다는 것.

직원 교육에 이 매뉴얼이 있는 이유는 간단했다.

'나와 같은 생각을 하는 사람이 한 명이라도 더 많아져야 해.'

인간은 자신이 존경하는 사람을 따라 하기 마련이다. 최창수는 그 점을 이용해서 자신과 같은 사고방식을 가진 사람을 한 명이라도 더 늘릴 생각이었다.

그들이 곧 자신의 목표에 큰 도움이 되니까.

2시간에 걸친 교육이 끝났다.

"지루한 설명은 들어주셔서 감사합니다. 아까 말씀드린 것처럼 정확한 출근 일정, 그리고 신입 직원 오리엔테이션 공지는 문자로 전달하겠습니다. 소정의 선물이 있으니 나가시기 전에 받아가세요."

합격시켜준 것만으로도 감사한데 소정의 선물까지 있다니.

대체 AG기업 대표 최창수는 어디까지 좋은 인물이란 말인가.

모두가 그리 생각하며 면접실에서 나가 인사팀 직원이 건네주는 선물을 받았다.

그 중 궁금증을 참지 못한 직원 한 명이 엘리베이터를 기다리면서 선물을 뜯었다.

"이건······."

내용물을 확인한 면접자는 가슴이 뭉클해졌다.

소정의 선물은 거리별로 측정해 계산한 차비와 점심 값, 그리고 사원증이었다.

그를 시작으로 다른 면접자들도 내용물을 확인했고 고개를 뒤로 돌렸다.

그곳에는 최창수가 손을 흔들며 서 있었다.

"가는 길 배 든든하게, 편안히 가세요."

"대표님······."

다들 가슴이 뭉클해지고 눈시울이 뜨거워졌다.

여태껏 살면서 이런 대우를 받은 적이 있었던가?

한 번도 없었다.

모두가 자신으로 한 푼이라도 더 이득을 챙기려는 놈들 뿐, 인간적인 대우를 받는 건 그저 작은 소원에 불과했다.

AG기업, 그리고 최창수를 향한 존경심이 무한히 피어났다.

어느덧 서유라의 출산이 2주 앞까지 다가왔다.

"어때? 괜찮아졌어?"

서유라의 이마에 물수건을 올리며 최창수가 물었다.

아까 전, 서유라가 갑자기 몸이 후끈후끈하다고 했다. 출산을 앞두면 갑작스레 체온이 올라갔다 내려가는 일이 있기 때문에 최창수는 그녀의 방에만 에어컨을 켜고 물수건을 올려뒀다.

"응. 아까보다는 시원해졌어."

말은 그랬지만 아직도 서유라의 이마에는 땀이 흐르고 있었다.

"에어컨 온도 조금 더 올릴게. 감기 걸리면 안 되니까 이불 목까지 잘 덮어. 괜찮아질 때까지 옆에 있을게."

"고마워."

"남편으로서 당연한 건데 뭐가 고마워. 유라 네가 고생이 많다."

최창수가 서유라의 배를 쓰다듬었다. 예전에는 군살 하나 없이 부드러운 배였는데, 지금은 단단한 남산이 됐다.

'건강하게 잘 자라고 있단 증거겠지?'

몇 몇 남자들은 임신이 대수냐고 말하지만 직접 옆에서 아내가 고생하는 걸 보면 그 생각이 달라질 게 분명했다.

출산이 가까워질수록 입덧이 심해져 제대로 영양을 섭취 못하니 건강은 나빠지고, 자신과 뱃속의 아이를 생각해서 라도 억지로 음식을 먹어야 한다.

그건 고통에 가깝다.

걷는 것도, 뛰는 것도, 앉는 것도, 눕는 것조차 결코 편하 지 않다. 보이는 것만 혼자지, 실상은 두 명이니까. 제약이 심해진 몸은 뭘 해도 금방 지치게 만든다.

때로는 필요 이상으로 수면이 많아질 때도 있고, 또 어쩔 때는 졸음이 아예 찾아오지 않을 때도 있다.

수십 년을 편하게 살아오다보니 갑작스런 변화에 적응하 지 못해 우울증에 걸리기도 쉽다.

다행히 최창수가 옆에서 정성스레 보살펴주고, 산모에게 좋은 건 전부 해줬기에 서유라는 남들보다는 조금 더 편안 한 임신생활을 보낼 수 있었다.

"여태껏 잘 참아줘서 고맙고, 힘들어도 2주만 더 힘내자. 의사 선생님이 그때가 출산 예정일이라고 했으니까."

"바보. 출산 후가 더 힘들 수도 있대."

"그때도 옆에서 잘 보살펴 줄 테니까 걱정 마."

웃으면서 서유라의 이마를 어루만졌다. 설령 출산 후 그 녀가 갑작스런 우울증이나 조울증에 걸려도 평소처럼 잘 대할 자신이 있었다.

자신은 서유라의 남편이니까.

우우웅.

"전화 왔네."

"받고 와."

"응. 용건만 듣고 바로 돌아올 테니까 애랑 기다리고 있어."

최창수가 바닥을 바라봤다.

서유라의 출산이 한 달 앞으로 다가왔을 때.

며칠 전까지만 해도 집에 있는 것도 힘들어질 만큼 바쁠 때가 있었다.

힘든 서유라를 홀로 집에 두는 건 심리적 불안감을 안겨줄 수도 있어, 그녀와 함께 근처 애견샵에 가서 포메라니안을 분양받았다.

혈통 증명서니 뭐니 하면서 100만 원 정도 들었지만 평소부터 서유라가 키우고 싶어 하던 소형견이라 돈 따위는 아무래도 좋았다.

그녀만 행복하면 되니까.

게다가 최창수 분양 받은 강아지가 마음에 들었다.

이름은 포니.

마치 눈밭에서 태어난 것처럼 새하얀 털을 가진 포니는 안은 것만으로도 마음이 편안해질 만큼 포근했다.

끼잉끼잉.

포니도 서유라를 걱정했는지 낮게 울며 그녀의 얼굴을 할짝였다.

서유라가 포니를 품에 안은 걸 본 후에야 휴대폰을 들고 방에서 나왔다.

"네, 창현 씨. 도착했어요?"

"네, 대표님. 현재 천안지사 건물 다다라서 보고 전화 드렸습니다. 으으, 근데 정말 제가 신입사원 교육을 해도 될 그릇인지 모르겠네요."

"창현 씨 정도면 충분하죠."

이창현.

AG기업이 앤젤 쇼핑몰이던 시절 때부터 함께 한 초기 직원이었다.

앤젤 쇼핑몰 시절에는 시스템 엔지니어였지만, AG기업으로 바뀌면서는 대학 전공을 살려 인사과로 이동했다.

쇼핑몰 시절부터 지금까지 남아있는 직원 중, 자신과 가치관이 가장 비슷해서 좋아하는 직원이었다.

외국 대학을 졸업했고, AG기업 입사 전 경력도 화려한 그는 인사과로 이동해서도 맡은 일을 깔끔하게 처리해줬다.

저번 주에 천안지사가 완공됐다.

그에 맞춰 신입직원에게는 출근 날짜를 전했고, 이창현을 비롯한 AG기업 우수 직원 몇 몇은 천안지사로 단기 인사이동 시켜 직원 관리를 하도록 시켰다.

"너무 부담 갖지 마세요. 몇 달만 천안지사에서 근무하시면서 직원 관리하시면 되니까요. 원래 제가 해야 하는데……."

"아뇨, 대표님 사정 잘 아니까 괜찮습니다. 사모님 몸

상태는 어떤가요?"

"체온이 올라가서 지금 에어컨 킨 방에서 쉬고 있어요. 창현 씨 아내 분도 이맘때쯤 그랬나요?"

"어우, 제 아내는 더 했죠. 임신 때문에 힘들어서 그런 건지, 아니면 그걸 핑계 삼아 절 욕하는지 헷갈릴 정도로 심했어요. 사모님은 비교적 얌전하신 거예요."

이창현의 말을 들으니 욕을 먹으면서도 산모에게 좋다고 소문난 건 뭐든지 다 해주길 잘 했다는 생각이 들었다.

그걸 해줬어도 저렇게 힘들어하는데, 안 해줬으면 얼마나 괴로워했을지.

"출산 앞뒀을 때가 정말 힘들어요. 특히 제 아내는 일주일 남았을 때는 출산 중에 자기건 아이건 둘 중 한 명이 잘못되면 어쩌냐면서 엄청 울었어요."

이창현이 결혼했을 때 축의금으로 500만원을 냈었다. 비록 회사에서의 위치는 자신보다 낮지만, 출산 및 육아 관련된 부분은 자신보다 선배라서 종종 자문을 구하고는 했다.

"너무 걱정 마세요. 2주 때까지 사모님 큰 이상 없으셨잖아요? 잘 될 거예요. 대표님 힘드신데 괜히 약한 모습 보였네요. 맡겨주신 일 잘 하겠습니다! 회사는 전진문 임원님이 잘 관리하고 있으니 사모님만 신경 쓰세요."

"네, 고마워요."

이창현과 나누던 전화를 끊었다.

우우웅.

그러자 이번에는 최태호로부터 전화가 걸려왔다.

"네, 태호 씨."

"대, 대표님! 전화가 늦어서 죄송합니다! 신입 직원 전원 출근했고, 점심 먹으러 가려는데 어떤 거 먹이면 되죠?"

"……그거 때문에 전화하신 거예요?"

"제, 제가 부하 직원 관리는 해본 적이 없어서……."

수화기 너머 최태호의 목소리가 작아졌다.

천안지사에 맞춰 바로 옆에 위치한 자동차 생산 공장도 규모를 확장시키면서 인테리어를 새로 했다.

그리고 생산 쪽 직원 서른 명을 새로이 고용했다.

로베트가 AG차 1호를 구매한 지 몇 달 밖에 흐르지 않았다. 하지만 그 사이 AG기업은 해외에서 이름을 빠르게 알리게 됐다.

"점심은 다수결로 정하세요. 법인카드 쓰시면 되니까 가격 생각하지 말라 전하고요. 그리고 태호 씨랑 신입 직원들에게는 죄송하지만 식사 끝내자마자 바로 작업 들어가시고요."

벌써 네 명의 해외 소비자, 그리고 한 명의 국내 소비자로부터 선금까지 받아뒀다.

그 중 해외와 국내 첫 번째 고객은 벌써 디자인까지 확정난 상태다.

남은 건 두 소비자의 차를 제작 후 배송, 그리고 남은 돈을 받기만 하면 된다.

"아뇨. 차 만드는 건 즐거우니까 괜찮습니다. 직원들도 일이니 불편해하지 않을 거예요. 몇 몇은 언제부터 작업하면 되냐고 물어보기까지 했고요."

"예. 수고하세요."

최태호와 전화를 끊었다.

'그러고 보니 슬슬 점심시간이네. 엄마는 아직 안 오셨나?'

띵동.

호랑이도 제 말하면 온다더니만 누군가가 초인종을 눌렀다.

"엄마! 빈손으로 오시지, 뭘 잔뜩 가져오셨어요."

문을 활짝 열고 엄마가 들고 있는 장바구니를 들었다.

"우리 며느리 먹일 것 좀 가져왔지. 그나저나 아들 얼굴 보기가 왜 이렇게 힘드니? 몇 달 못 봤다가 얼굴 홀쭉해진 것 봐."

"홀쭉이 아니라 통통이겠죠. 몸에 좋은 걸 얼마나 많이 먹고 있는데요. 우선 들어오세요."

"고마워, 아들."

엄마가 신발을 벗은 걸 확인한 후에야 현관문을 닫았다.

"이 집은 몇 번을 와도 적응 안 되는 구나. 드라마에서만 보던 집에서 아들이 살고 있다니, 부녀회 회원들이 얼마나 부러워하는지 몰라."

"많이 자랑하세요. 엄마 아빠가 행복해야 저도 행복하니까요."

성공은 자신의 것만이 아니었다.

가족도 영향을 받았다.

더 이상 돈 문제로 스트레스 받을 일이 없으니 두 분 다 예전보다 건강이 좋아졌다. 어머니는 부녀회에서, 아버지는 친구들 사이에서 많은 부러움을 받고 계신다.

자신이 부모님의 인생을 긍정적으로 바꿔놨다는 사실에 자부심을 느끼기도 했다.

"근데 아빠도 같이 온다하지 않았어요?"

"오늘 근처 초등학교 단체 주문이 두 개나 들어와서 못 오셔. 원래 엄마도 도우려고 했는데 네 아빠가 며느리 걱정을 어찌나 하시던지 친구까지 불러서 엄마 내보내더라."

"직원이라도 채용 하실래요?"

복권 식당 시절. 그리고 AG분식집 천안점으로 바뀐 후로도 부모님은 직원을 한 명도 고용하지 않았다.

쉴 새 없이 밀려오는 손님을 상대하는 건 상당히 힘든 일이지만, 부모님은 바쁘게 일하는 것도 즐겁고 워낙 일이 고되다보니 금슬이 더 좋아졌다면서 직원 채용을 거절했다.

"음. 한 명 정도는 구해야 할지도 모르겠구나. 저번에 네 아빠 물자 옮기다가 허리 삐끗했는데 아직도 종종 아파하시더라. 엄마도 요즘 따라 어깨 아프고."

"두 분 다 나이가 있잖아요."

아무리 부모님이 사고를 저질러서 친구들의 부모님보다는 젊다지만 두 분 다 쉰을 넘겼다.

"정년퇴직할 나이에 일하시니 당연히 힘들죠. 이참에 직원 채용하고 몇 년 푹 쉬시는 건 어때요? 그동안 고생 많이 하셨는데 여행이라도 다녀오세요."

"됐어요, 아들. 쉬면 돈이 벌리니? 쓰기만 하지. 아무리 아들이 부자여도 엄마 아빠는 가급적 손 안 벌리고 싶어. 그래서 힘들어도 일 하는 거고."

어머니가 활짝 웃었다. 그리고 냉장고를 열어 가져온 반찬을 차곡차곡 넣기 시작했다.

"어머, 냉장고가 이게 뭐야. 유라가 안 한다고 텅 비어있는 거 봐."

이어지는 어머니의 잔소리.

듣는 둥 마는 둥 하면서 최창수는 어머니의 뒷모습을 바라봤다.

'살이 좀 빠지신 거 같네. 발목에는 파스도 붙이셨고……'

아무리 자신이 보약을 사주고, 주기적으로 병원 검진을 받게 해도 나이가 있다 보니 건강 악화는 어쩔 수 없다.

가깝기에 신경 쓰기 힘든 존재.

부모님.

부모님의 건강관리, 부모님이 하고 싶고 갖고 싶던 것.

자신이 자리를 잡으면서 모든 걸 다 해드렸다. 주기적으로 본가에 찾아가 외식을 하기도 했다.

다른 집 자식이 못해주는 걸 전부 다 해줬으니 좋은 아들이라고 생각했다.

그런데 어머니가 붙은 파스를 보니 아직 좋은 아들이 되려면 먼 듯 싶었다.

"엄마."

"응?"

"우리 집 빈 방 많은 거 아시죠? 괜찮으면 들어와서 지내실래요?"

"얘가 뜬금없이 뭔 소리니? 멀쩡한 집 내버려두고 왜 아들 집 와서 얹혀살아."

"그냥…… 같이 살면 매일 얼굴 볼 수 있잖아요. 엄마 아빠 어디 편찮으셔도 바로 알 수 있고요."

"어머, 얘도 참. 요즘 엄마랑 아빠 한창 금슬 좋은데 방해하려고? 어림도 없어."

아들이 대견해보였는지 어머니는 최창수의 엉덩이를 토닥이고 다시 냉장고로 시선을 옮겼다.

'우리 아들 많이 컸네. 이 맛에 자식 키우는 건가?'

어머니는 흐뭇했다.

자신의 아들이 대기업 대표인 것도, 부자인 것도 자랑스러웠지만 가장 자랑스러운 건 바로 마음이었다.

무엇보다 약자를 먼저 생각하고 행동하는 게 정말 좋았다.

'내가 자식농사 하나는 정말 잘했어.'

때마침 냉장고 정리가 끝났다.

"유라 얼굴보고 점심 차릴 테니까 창수 너는 가서 머리 감고오렴."

"머리요?"

거울을 바라봤다.

아침에 일어나자마 서유라를 간병하느라 양치도 안 한 상태였다.

고개를 끄덕인 최창수가 샤워실로 향해 옷을 하나 둘 벗었다.

마지막으로 속옷을 벗으려 할 때…….

"창수야!"

어머니의 비명이 들렸다.

· · · ◈ · · ·

갑작스러운 어머니의 비명.

화들짝 놀란 최창수는 팬티 바람으로 뛰쳐나갔다.

"엄마! 왜 그러세요?!"

서유라의 방문을 확 열었다.

그러자 서유라를 붙잡고 눈물 흘리는 어머니가 보였다.

"차, 창수야…… 유라가…….”

뒷말을 굳이 더 들을 필요가 없었다.

딱 봐도 서유라의 상태가 불과 1시간 전에 비해 급격히 나빠져 있었으니까.

숨을 미세하게 흘러나오고, 식은땀은 옷 전부를 적셨을 정도다. 인상만 찌푸리고 있을 뿐, 어머니의 울음소리가 바로 옆에서 들리는데도 미동조차 없다.

"엄마. 우선 진정하시고 제 연락 기다리세요!"

최창수가 바로 이불을 거두고 서유라를 품에 안았다. 땀에 젖어 축축해진 그녀. 몸은 불덩이처럼 뜨거운 서유라를 등에 업고 밖으로 뛰쳐나갔다.

"유라야, 힘들어도 조금만 참아."

조수석에 그녀를 앉히고 안전벨트를 매웠다. 그리고 운전석에 앉아 차키를 꽂으려고 했지만 마음이 급한 탓인지 계속해서 엇갈려 들어갔다.

"시발, 좀!"

탁.

드디어 차키가 꽂혔다.

바로 시동을 걸고 액셀을 밟아 가장 가까운 산부인과로 향했다.

"저기요!"

서유라를 등에 업은 최창수가 산부인과 문을 확 열었다. 카운터에 있던 간호사도, 진료를 기다리는 환자도 일제히 최창수를 바라봤다.

딱 봐도 급해보였는지 간호사가 당황하며 다가갔다.

"무, 무슨 일이신가요?"

"제 아내! 아내가!"

"아내요?"

간호사가 최창수에게 업힌 서유라를 바라봤다. 시체처럼 축 늘어져 있는 모습. 그것만으로도 심상치 않았는데 하혈까지 하고 있었다.

"원장님!"

간호사가 바로 원장을 불렀고, 원장이 나오기도 전에 최창수가 무식하게 진료실 문을 열어 안으로 들어갔다. 놀란 원장에게 최창수는 일방적으로 계속 말을 토해냈다.

"아, 알겠습니다. 우선 진정부터 하시고요. 이봐, 김 간! 바로 수술 준비해!"

"예!"

분주하게 움직이기 시작한 간호사가 바로 수술진을 집합시켰다. 그 사이 최창수는 원장이 가져온 탈것에 조심스레 서유라를 올렸다.

"유, 유라 얘가 2주 뒤에 출산인데 괜찮겠죠……?"

최창수는 금방이라도 울 듯한 표정이 됐다.

걱정을 안하려야 안 할 수가 없는 상황. 심란한 마음은 도저히 진정 될 줄을 모르고 없던 수전증까지 생겨났다.

"괜찮을 겁니다. 종종 임신 스트레스가 심해 하혈하는 임산부가 있지만 정말 큰 경우가 아니라면 별 문제 없으니 진정하십시오. 남편 분이 동요하면 아내 분도 불안해합니다."

"아, 유라야 제발…… 정신 차려……."

기어코 최창수의 눈가에 눈물이 고이기 시작했다. 그 마음을 아는지 모르는 지 서유라는 여전히 인상만 찌푸린 채 아무 말이 없다.

분명히 몸은 뜨거운데 손발은 차가우니 더 미칠 것만 같았다.

"분만 들어가겠습니다!"

수술진이 전부 다 모였는지 서유라가 의사들과 함께 수술실에 들어갔다.

이윽고 초록색에서 붉은색으로 변하는 수술실 간판.

마음이 불안한 탓인지 그것마저도 불길하게 느껴졌다.

멀찍이서 그 모습을 바라보던 간호사가 조심스레 다가왔다.

"허브티에요. 마시면 좀 진정이 되실 거예요."

"……제 아내 별 일 없겠죠?"

"그럼요. 저도 아내 분처럼 하혈까지 하면서 예정일보다 빠르게 출산했어요. 근데 저도 자식도 건강해요."

간호사가 상냥하게 웃었다.

덕분에 약간은 안심이 됐는지 최창수가 작게 웃었다.

'기운이 좀 난 모양이네.'

환자, 그리고 환자 가족의 불안을 없애는 것 또한 간호사의 일이었다.

"참, 그리고 이거 입으세요."

이번에는 간호사가 수술복을 건넸다.

"다른 환자 분들이 많이 놀라시더라고요."

"······아."

그제야 최창수는 자신이 팬티 바람이란 걸 알았다.

'얼마나 놀랐으면······.'

집에서 나와 차에 오르고, 서유라를 업고 차에서 내려 병원 엘리베이터를 기다리고, 병원에 들어오는 모든 과정에서 자신은 팬티 바람이었다.

'유라 괜찮아지면······ 말해줘야지.'

조금이라도 더 그녀의 힘이 되고 싶었다.

'그래, 맞아······.'

불현듯 무언가가 떠올랐다.

휴대폰을 꺼낸 최창수는 운수 대통령을 실행했다.

"유라가······ 무사히 출산할 수 있도록 도와줘."

〈필요한 소원 게이지를 계산중입니다.〉

〈잠시 기다려주십시오.〉

띠링.

〈운수 대통령님의 소원 달성에 필요한 소원 게이지는 50%입니다.〉

〈현재 보유 중인 소원 게이지가 0%라서 추가 작업이

불가능합니다. 추억 트로피 판매 혹은 인생 포인트로 소
원 게이지를 충전할 수 있습니다.〉

"팔게."

이번에 사업을 확장했고, 올해 사업 하나를 더 벌일 생각
이다. 인생 포인트는 아끼고 또 아껴서 정말 필요한 순간에
사용해야 한다.

최창수는 절대 사용하지 않겠다고 다짐한 트로피 판매
버튼을 눌렀다.

〈판매할 트로피를 드레그해서 네모 칸에 올려주세요!〉

저번에는 대충 봐서 몰랐는데 이제 보니 판매 버튼을 누
르며 각 트로피마다 D부터 S까지 랭크가 매겨져 있었다.

'자잘한 거 여러 번 팔 시간은 없어.'

최창수는 B랭크의 트로피를 네모 칸에 올렸다.

〈판매할 추억 : 첫 대학 MT의 추억 트로피〉

〈매입 가격 : 인생 포인트 +20 / 소원 게이지 60%〉

〈판매하시겠습니까?〉

"……팔게."

판매 버튼을 눌렀다.

〈첫 대학 MT의 추억 트로피 구매 완료했습니다.〉

〈해당 추억이 소각됩니다.〉

그 문장을 읽은 순간.

최창수는 정신이 아득해지는 걸 느꼈다.

'윽…….'

극심한 두통이 찾아왔다. 고통을 참지 못해 이를 악물고

두 눈을 감았다.

그리고 놀랐다.

'이건?'

눈을 감자 대학교 첫 MT때의 기억이 주마등처럼 지나가

기 시작했다. 동기랑 선배들 사이에서 신나게 웃고 떠드는

자신. 마치 지우개로 지우는 것처럼 점점 흐릿해지더니만

이내 사라지고 말았다.

〈운수 대통령님의 추억, 구매 완료했습니다.〉

〈인생 포인트 20과 소원 게이지 60%가 충전됐습니다.〉

최창수는 바로 소원 게이지를 사용하기로 했다.

〈소원을 이루는데 필요한 소원 게이지를 소모 중입니다.

소원 스타일에 따라 운수 대통령님의 행운이 급격히 상승

합니다.〉

저번에는 극장에서 최태호의 인생을 보여주는 식으로 사업에 도움이 되는 방향으로 소원을 이뤄줬다.

'괜찮아. 소원 게이지도 썼으니까 잘 될 거야.'

수술실 문을 바라봤다.

저 너머에서 외로이 고군분투하고 있을 서유라를 생각하니 자신이 무력하게 느껴졌다.

'불안해하지 말고, 그녀를 믿자.'

두 손을 마주잡고 기도를 올렸다.

결혼해서 얼마나 기뻤는데.

그녀가 임신해서 얼마나 기뻤는데.

아직 느낄 행복도 많고, 둘이 함께 보낼 시간도 많다.

오늘이 마지막이 될 거란 건 생각조차 하기 싫다.

끼이익.

그떼 수술실 문이 열렸다.

최창수가 복잡한 표정으로 시선을 돌리자 의사 한 명이 오라는 듯 손을 저었다.

"남편 분, 죄송한데 깔끔하게 소독하고 수술실 들어오셔야 할 거 같습니다."

"네?"

"아내 분이 겨우 정신을 차렸는데 심각할 정도로 불안해하고 계세요."

창수야⋯⋯.

분명히 수술실 문은 닫혀있는데도 자신을 부르는 서유라

의 목소리가 귓가에 생생하게 다가왔다.

최창수는 바로 간호사의 안내를 받아 소독실에서 깔끔하게 소독을 했고, 수술복도 소속된 걸로 다시 갈아입었다.

그리고 수술실에 들어갔다.

자신의 행운이 서유라에 닿기를 바라며.

· · · ◈ · · ·

소원이 제대로 작용한 덕분인지 출산은 성공적으로 마무리됐다.

"아이고, 아파."

최창수가 병원 화장실 거울을 바라봤다. 머리는 죄 다 형클어져 있고 얼굴에는 긁힌 자국이 선명하다.

아까 전.

수술실에 들어간 최창수는 지극정성으로 서유라를 안정시켰다. 바로 옆에 남편이 있어서 불안이 줄었는지 서유라도 힘없지만 미소를 보이며 괜찮을 거라 말했다.

가장 힘든 건 자신이면서.

왈칵 터질 뻔한 눈물을 참고 서유라의 곁을 지켰다.

평소부터 잦은 두통에 시달리던 서유라는 두통약을 가까이했고, 그 탓인지 마취제를 투여했는데도 큰 효과가 없었다.

결국 그녀는 반은 몽롱하고 반은 멀쩡한 정신 상태로, 건강이 급격히 나빠진 탓에 재왕 절개를 받아야만 했다.

마취가 덜 된 상태로 맨살이 찢어지는 고통을 참지 못한 서유라는 죽어라 소리를 질렀고, 기어코 최창수의 머리를 붙잡거나 얼굴을 할퀴면서 눈물까지 보였다.

'생각보다 나한테 쌓인 게 많았나보네.'

그뿐 아니라 서유라는 그동안 자신에게 서운했던 걸 전부 말했다.

대표적으로 여자관계.

나 말고 딴 여자하고는 제발 거리 좀 벌리라면서 화를 냈다.

"유라가 욕하는 건 또 처음 봤네."

그녀가 내뱉은 걸걸한 욕을 생각하며 웃었다.

'다 이해할 수 있지.'

그녀만 건강하다면 매일 같이 바가지를 긁어도 행복할 거 같았다.

어머니가 가져온 옷을 화장실에서 갈아입은 최창수가 밖으로 나갔다. 그리고 산부인과 2층에 있는 병실로 향했다.

1인실.

명패에 서유라고 적힌 병실 문을 열었다.

"창수 왔니?"

연락을 받고 금방 달려온 어머니.

다행히도 평소 모습으로 돌아와 있었다.

"유라는 아직 안 일어났어요?"

뱃속에서 나와 우렁차게 우는 아이를 한 번 껴안은 후 서유라는 다시 정신을 잃었다. 화들짝 놀랐지만 피곤해서 그런 거니 걱정하지 말라는 의사의 말을 듣고야 안심할 수 있었다.

"많이 힘들었나 봐."

"그러게요."

"유라는 내가 볼 테니까 창수 너는 집에서 좀 쉬어. 얼마나 놀랐을까, 우리 아들. 약국 들러서 약 사서 발라."

엄마가 지갑에서 만 원짜리 한 장을 꺼냈다.

"아뇨. 제가 남편인데 유라 눈 뜰 때까지 있어야죠."

"……그래. 그럼 엄마는 먼저 가볼게. 유라 깨면 전화해."

"네, 들어가세요."

어머니가 병실 밖에서 나갔다.

최창수는 곤히 자고 있는 서유라를 바라봤다. 이마를 만지려던 순간, 서유라가 작게 신음하더니 힘겹게 눈을 떴다.

"창수?"

"정신 들었나?"

"응…… 앗!"

"어어, 일어나지 마. 의사가 누워서 안정취하랬어."

"출산, 잘 끝났나 보구나."

서유라가 이불을 들었다. 불과 오늘까지만 해도 남산만

한 배가 보였는데 지금은 자신의 발끝이 보였다.

"너 설우 안은 거 기억 안 나?"

"응…… 너무 정신없어서. 힘들지만 행복했다는 것 정도는 기억 나. 근데 설우인 걸 보면 남자인가 보네?"

"응."

최창수는 서유라가 자는 동안 의사와 나눈 대화를 설명하기 시작했다.

둘의 사랑의 결정체는 남아였다. 건강해보이지만 예정일보다 빨리 태어난 바람에 며칠 정도 인큐베이터에서 경과를 지켜보기로 했다.

"다행이다……"

얘기를 들은 서유라는 안도의 한숨을 내쉬었다.

"긴장 풀려서 그런가, 또 졸리네. 미안하지만 나 조금만 잘게."

"응, 푹 쉬어. 너도 며칠 입원해야 하니까 집에서 필요한 거 챙겨올게."

최창수가 자리에서 일어났다.

나누고 싶은 얘기는 많았지만 지금은 그녀가 안정을 찾는 게 최우선이었다.

'한 번만 더 보고 갈까?'

자신의 아들!

최설우를 보려고 신생아실 앞을 기웃거렸다.

"며칠만 기다리세요."

그리고 간호사에게 저지당했다.

"내 애를 내 마음대로 못 본다니······."

어깨를 축 늘어트린 최창수가 힘없이 밖으로 나갔다.

그로부터 1년이 지났다.

· · · · ◆ · · · ·

갓 태어난 자식이 주는 첫 번째 기쁨이 무엇일까?

바로 돌잔치였다.

"오늘 무슨 날이에요?"

지각한 직원이 옷맵시를 정리하며 선배에게 물었다. 그러자 선배는 황당하다는 표정이 됐다.

"야. 매일 스케줄 표 확인하라고 했지. 너 그러다가 높은 손님 왔는데 실수하면 모가지야, 모가지. 알아?"

"아, 죄송하다니까요. 그래서 오늘은 누가 왔는데요?"

두 사람이 일하는 곳은 강남에 위치한 최고급 연회장이다. 주로 부자들의 돌잔치나 환갑잔치가 이뤄지는 곳이라서 직원 모두가 품위와 예절을 중시한다.

"AG기업 대표님 오셨어."

"······네?"

너무 놀라 목소리가 한 톤 높아졌다.

그리고는 조심스레 창밖으로 고개를 돌렸다.

주차장을 꽉 채운 차량 대부분이 값 비싼 차였고, 몇 대는 실수로 사고라도 냈다가는 3대가 망할 게 분명한 녀석이었다.

"아까부터 연회장 다니던 분들이 다 어디선가 봤던 거 같았는데 엄청난 거물이 오셨군요."

"오늘은 특히 조심해서 일 해. 저번처럼 접시라도 깼다가는 그분들이 넘어가도 내가 안 넘어가."

"옙."

두 직원이 바로 2연회장으로 뛰어 들어갔다.

돌잔치 예정 시간은 오후 1시.

워낙 손님이 많아서 그런지 돌잔치는 1연회장과 2연회장 전체를 사용하기로 되어 있다. 1연회장은 진작 끝났지만 2연회장은 아직 준비할 게 산더미처럼 많다.

이윽고 최창수와 서유라의 아들인 최설우의 돌잔치가 시작됐다.

내빈객은 300명.

워낙 사람이 많아 한 시도 조용하지 못했고, 직원들은 쉴 새 없이 밀려오는 요구사항과 부족한 음식을 채우느라 정신이 없었다.

"대오건설 이정주라고 합니다. 자녀 분 돌 축하드립니다."

"저는 빅픽쳐 미디어 패션 팀 소속 이환희라고 합니다. 자녀 분 돌 진심으로 축하드립니다. 이건 제 명함입니다만, 받아주시면 감사……."

"저 명함보다 제 명함이 더 멋집니다."

친한 사람과 인사를 나눈 최창수.

자식에게 돌아가려는데 몇 몇 지인을 따라온 사람들이 자기어필을 하기 시작했다.

한 명 한 명 다 상대하기도 힘들고, 그렇다고 몇 몇만 상대하는 건 형편성에 어긋난다.

최창수가 단호하게 말했다.

"죄송합니다만. 전 오늘 일 문제로 여기 온 게 아닙니다."

그가 서유라 품에 안겨 꺄르르 웃고 있는 최설우를 바라봤다. 낄 때 안 낄 때 구분 못하고 이득만 챙기려고 안달난 이들 때문에 받은 스트레스가 최설우의 미소를 보니 눈 녹듯 사라졌다.

"제 아들 돌잔치입니다. 축하해주실 거 아니면 돌아가주세요."

"아. 죄, 죄송합니다…….

자리를 구분 못하고 무작정 자기어필만 하던 사람들이 당황하며 고개를 숙였다. 최창수가 어떤 사람인지 잘 알면서도 눈앞의 이득에 눈이 멀어 그만 결례를 저지르고 말았다.

"허허, 고생이 많군요."

그때였다.

한 손에 맥주잔을 든 반재현이 다가왔다.

"아, 임원님. 벌써 얼굴이 붉어진 걸 보니 재밌게 즐기고 계신가 보네요."

"오늘처럼 좋은 날에 어떻게 안 즐길 수가 있습니까?"

"그렇죠? 남 돌잔치에 와서 명함 건네는 건 정말 이해 안 가네요."

최설우는 우여곡절 끝에 태어난 자식이다.

당연히 애정이 클 수밖에 없었고, 그러다 보니 평소라면 받아줬을 것도 부정적으로 느끼게 됐다.

"뭐. 그 사람들도 다 필사적일 테니 너무 안 좋게만 보지 마시죠. 참, 그보다 AG차 반응은 어떻습니까? 소문으로는 몇 년 안에 철강은 우습게 뛰어넘는다 하던데."

"몇 년은 너무 기네요."

반재현의 농담에 농담으로 맞받아쳤다.

하지만 판도만 보면 결코 농담이 아니었다.

AG차가 정식으로 이름을 알리기 시작한 지 어느덧 1년 반 째에 다다랐다.

그 사이 AG에서 제작해 판매한 차는 총 스무 대.

비록 그 수는 적지만 해외 및 국내 각종 유명인사가 소비자인 덕분에 엄청난 속도로 이름을 알렸다.

"예약은 언제까지 차 있습니까?"

"2년 예약까지는 현재 꽉 차 있어요. 기대 이상으로 반응이 좋은 지라, 조만간 공장 하나 더 설립해서 직원을 늘려야겠어요."

"허허, 마지막 신청자는 무념무상으로 시간을 보내야겠군요. 빠르게 제품을 순환하려면 공장 두 세 개로는 부족도 하겠네요."

"이래저래 해결방안을 검토하는 중이에요. 당장은 몰라도 전 세계적으로 AG차가 활약하려면 속도도 중요하니까요."

1년 동안 스무 대의 차를 생산했다.

이 속도가 이어지면 2년 후에는 총 60대의 AG차가 도로 위를 누비게 된다.

'너무 적지.'

타 대기업은 흔히 말하는 양산형 자동차를 기계의 힘을 빌려 쉴 새 없이 제작하고 있다. 몇 천, 몇 만 대의 그 차들과 경쟁하려면 제작 속도를 높여야만 했다.

"그래도 판매가가 쎈 덕분에 운영은 원활하겠군요."

"네. 희소성을 제대로 잡았죠."

AG차의 평균 판매가는 50억이다.

대부분의 부자들은 늘 남들보다 특별하기를 바란다.

최고의 부품, 소비자가 원하는 디자인과 기능, 전 세계에 한 대만 존재하는 희소성.

이 모든 요소가 주 고객의 마음을 샀고 덕분에 높은 판매가임에도 수요가 있어 공급이 계속 이어졌다.

"뭐랄까. 최창수 대표님은 정말 대단한 거 같습니다. 대한민국에서 그 누가 이런 자동차 사업을 생각하겠어요? 조금만 삐끗해도 간판 내세우는 거 말고는 얻는 게 없는데."

"운이 좋았죠."

정말 운이 좋았다.

그거 말고는 AG차의 성공 이유를 말할 만한 게 없었다.

지인들과 얘기를 나누고 있자니 돌잔치의 꽃인 물건 집기 시간이 다가왔다.

"자, 설우야. 마음에 드는 거 집어, 알겠지?"

최창수가 최설우와 눈을 마주쳤다.

부모가 모두 훌륭한 외모의 소유자다보니 최설우 역시 벌써부터 장래가 기대되는 얼굴이었다. 순수함 가득한 눈망울이 자신을 보며 깜빡깜빡 거리니 아들바보가 안 되려야 안 될 수가 없었다.

최설우 앞에 놓인 물건은 총 세 가지였다.

펜과 야구공과 돈.

펜은 자신처럼 훌륭한 사업가가 되라는 뜻으로.

야구공은 워낙 손에 잡히는 걸 휙휙 던져서 야구선수가 되라는 뜻으로.

돈은 남들처럼 살아도 좋으니 건강하면서도 깨끗한 가치관을 가지라는 뜻으로 준비해뒀다.

"자, 설우야! 집어, 집어!"

"안 돼, 설우야! 아무것도 집지 마!"

뭐가 됐든 성공하게 잘 도와줄 자신이 있는 최창수는 뭐든지 집으라고 소리쳤고, 최창수가 놓은 물건 중 뭐 하나 마음에 드는 게 없는 서유라는 집지 말라고 소리쳤다.

"야. 왜 집지 말라고 해."

"난 설우가 사업하느라 너처럼 잠도 제대로 못자고 일 중독되는 것도 싫고, 위험하게 스포츠 하는 것도 싫고, 집 안 재력 믿고 백수로 사는 것도 싫어."

"그럼 뭐가 좋은데?"

"진짜 좋아하는 일 하는 거."

"야. 설우가 여기서 뭐가 됐든 집으면 내가……."

"어! 집었다!"

서로 티격태격하고 있자 이소영이 소리쳤다. 말싸움하던 두 사람의 시선이 바로 최설우에게 향했다.

최설우는 야구공을 집고 있었다.

"그래, 우리 아들! 오늘 가는 길에 야구공이랑 글러브랑 배트 사가자! MLB를 목표로 던지는 거야!"

신이 난 최창수가 최설우를 번쩍 안아들었다.

"빡!"

그리고 최설우가 던진 야구공에 콧잔등을 맞았다.

· · · ◈ · · ·

최설우 탄생 19개월 째.

최창수와 서유라는 두 눈을 크게 뜨고 최설우를 바라보고 있었다.

"조금만, 조금만 더 힘내 설우야!"

"아, 나 못 보겠어. 넘어지면 어떡해, 지금이라도 잡자."

"안 돼! 설우의 123번 째 도전이야. 오늘은 성공할 게 분명해! 저 다리 봐, 힘이 쫙 들어가 있잖아!"

최창수가 힘내라는 듯 박수를 쳤다.

최설우는 소파를 붙잡고, 엉덩이를 뒤로 확 뺀 상태로 벌벌 떨고 있었다. 마음 같아서는 어서 일어나 부모님처럼 걷고 싶은데 좀처럼 몸이 따라주지 않았다.

"으…… 저러다 설우 다리 부서지면 어떡해?"

"……그 정도로 안 부서져. 설우 또래 애들보다 키도 크고 더 건강하잖아."

최창수가 최설우를 바라봤다.

키도, 몸무게도.

같은 15개월인 애들보다 1.5배 정도 더 크고 많이 나간다.

건강하다는 증거여서 이건 좋았지만 문제는 걸음마와 말이었다.

보통 빠르면 돌 전에, 평균적으로는 15개월쯤에 둘 모두를 자신의 것으로 만들어 부모님을 기쁘게 해준다.

하지만 아직까지 최설우는 혼자 힘으로 걷지 못했고, 말도 어버버 말고는 할 줄 몰랐다.

서유라는 자신이 어렵게 출산해서 안 좋은 영향이라도 받은 게 아니냐며 종종 슬퍼했고, 그때마다 최창수는 원래 천재는 남들과 다른 법이라며 그녀를 위로했다.

"으각!"

그때였다.

최설우가 우렁차게 소리 지르더니만 발발 떨리던 무릎을 쫙 펴기 시작했다.

그 모습을 본 최창수가 말했다.

"서, 섰다……."

"……응, 섰어."

비록 소파를 붙잡고 있지만, 최설우가 19개월 만에 자신만의 힘으로 턱 서 있었다.

이것만으로도 부모는 큰 감동을 받는데, 최설우는 한술 더 떠 입을 열었다.

"엄…… 마."

"설우야!"

눈가까지 붉어진 서유라가 단걸음에 걸어가 최설우를 번쩍 들어안았다. 그리고 연신 볼을 비비며 기쁨을 표현했다.

"우리 아들 멋져! 일어나고 엄마도 찾고! 짱이야, 짱! 그치 창수야?"

"……어."

"뭐야, 방금 전까지 좋아했으면서 갑자기 왜 심술이 났어?"

"별로."

"……아~ 설마 너."

서유라가 한 손으로 입을 가리며 웃었다.

"설우가 나만 찾아서 그런 거야?"

"아니거든. 나 한 기업의 대표야. 이런 일로 삐지면 사업 못하거든?"

아무렇지도 않다는 듯 일어난 최창수가 두 사람에게 다가갔다.

"자, 설우야. 아빠 해봐."

"내 말 맞구만."

"설우야, 아빠 해봐, 아빠~"

최창수가 실실 웃으면서 최설우를 바라봤다. 큰 눈망울은 애가 뭐라 하는 거냐는 듯 깜빡거리기만 했다.

"엄마?"

"엄마가 아니라 아빠."

"엄마!"

"아빠라니까?!"

"엄마~!"

그 뒤로 열 번은 넘게 아빠라는 말을 알려줬음에도 최설우의 입에서는 엄마란 말만 나올 뿐이었다.

"아이고~ 아빠의 사랑이 부족했나 보네요."

아장아장 기어 다니면서 손에 집히는 물건을 전부 던지고 있는 최설우를 뿌루퉁하게 보고 있자 서유라가 다가와 깐족거렸다.

"뭐? 아빠의 사랑이 부족해? 내가 설우한테 얼마나 잘해줬는데……."

"으구, 농담도 못해요. 설우 오늘 처음으로 말 뗐어. 너무 많은 걸 바라는 거 아냐? 조만간 아빠라고도 하겠지~ 아쉬우면 당분간 내가 대신 해줄까?"

"야, 됐어. 동네 사람들이 보면 뭐라 생각할 줄 알고."

계속 꿍해있는 것도 모양새가 안 산다. 때마침 최설우가 던진 공이 무릎에 닿아 그걸 쥐고 가볍게 던졌다.

바로 앞에 공이 떨어지자 최설우는 꺄르륵 웃으면서 공을 집어 다시 최창수에게 던졌다.

"설우 나중에 정말 야구선수 시켜야 하나 봐. 물건 던지는 거 되게 좋아하네."

"야구선수하려면 초등학교부터 시작해야 하잖아. 부모 사랑 받아야 할 나이에 학교 기숙사에서 지내면서 고된 훈련을 어떻게 시켜."

"정 뭐하면 개인 코치 붙이면 되지. 집에 돈도 많은데 뭘."

최창수가 공을 다시 던졌다.

"그보다 설우 슬슬 어린이집 보내야 하지 않아?"

"뭐래. 아직 2살도 다 안 됐어. 보통 3살 때부터 보내니까 그때까지는 내가 집 보면서 설우 키울 거야."

"그래?"

"그래요, 여보님. 사업은 똑 부러지게 잘 하면서 육아는 왜 이렇게 젬병인지 몰라."

서유라의 말 그대로 자신과 육아는 거리가 멀어도 너무

멀었다. 공부하고 뭘 해보려고 해도 꼭 실수를 했다. 집에서 들리는 설우의 울음소리 중 절반은 최창수의 잘못이었다.

몇 번의 공놀이 때문에 피곤해졌는지 최설우가 바닥에 볼을 대고 새근새근 잠이 들었다.

최창수는 최설우를 안아 유아용 침대에 살포시 올려두고 이불을 덮어줬다.

그리고 커피를 가져와 서유라와 휴식 시간을 가졌다.

"어린이집 얘기 나와서 말인데, 우리 보육원은 어때?"

수원에만 있던 AG보육원은 어느덧 전국에 총 열 개가 위치하게 됐다.

새 보육원을 설립할 때마다 저번 보육원에서 부족했던 부분을 보완하는 등 고아를 위해 최대한 힘썼다.

서울과 사당 방면에 있는 고아원은 특히 더 크게 지어 일부는 노인정으로도 사용하고 있다.

보육원 수 늘어난 덕분에 지출은 더욱 커졌지만, 그 지출이 부담스럽지 않을 만큼 각종 후원단체로부터 많은 도움을 받고 있다.

덕분에 최창수는 고아의 아버지라는 별명까지 얻어 봉사단체로부터 상장까지 받게 됐다.

"보육원? 음…… 설우가 초등학생 되고 친구들 사귀러 가는 거는 괜찮은데 지금은 안 돼."

"왜? 내 보육원이 어지간한 어린이집보다 시설 훨씬

좋아. 원생 애들도 다 착하고 선생들도 공부 잘 가르치는
데."

"그게 문제가 아니라. 네 보육원에는 설우 또래 애들이
없잖아. 제일 어린 애가 5살 이랬나? 난 설우가 나이에 맞
는 친구들과 차근차근 어울리길 원해."

성인이 되고 어른들과 어울리는 건 상관이 없다.

하지만 한창 클 무렵부터 연상과 어울리면 그 또래에 가
져야 할 무언가가 부족할 수도 있다.

납득한 최창수는 고개를 끄덕였다.

"그래, 육아는 네가 더 잘 하고 여태 틀린 말 없었으니까
그렇게 하자."

"응, 설우는 내가 잘 키울 테니까 남편은 자기 일이나 열
심히 하세요~"

서유라가 애 다루듯 말하면서 최창수의 엉덩이를 툭툭
건드렸다.

피식 웃은 최창수가 말했다.

"설우 우리 둘 자식이거든?"

그리고는 서유라의 엉덩이를 두들겼다.

· · · ◈ · · ·

최설우 탄생 36개월.

최창수 가족은 기념사진을 찍는 중이었다.

"설우야, 카메라 봐야지."

한복을 입은 최창수가 박수를 짝짝 쳤다.

하지만 최설우의 시선을 한복을 입은 채 자신을 품에 안고 있는 서유라만 하염없이 바라볼 뿐이었다.

최설우가 카메라를 봐야만 제대로 된 그림이 나오는 터라 벌써 30분 째 설득만 하는 중이었다.

"설우야. 네 엄마가 예쁜 건 알겠는데 사진은 찍어야지."

결국 최창수가 최설우의 고개를 살짝 돌려 카메라를 바라보게 만들었다.

그 순간.

"후에에에엥!"

마치 타인이 만진 것처럼 최설우가 우렁차게 울기 시작했다.

"아, 진짜! 애 고개 휙 돌리지 말라니까?"

"아니, 난 살살……."

"애랑 너랑 힘이 같아? 정말……. 오구오구, 설우야 울지마. 울면 엄마도 슬퍼요."

서유라가 웃으면서 최설우를 흔들었다. 그러자 언제 울었냐는 듯 최설우가 방긋 웃으며 코를 훌쩍였다.

"아, 죽겠다."

우여곡절 끝에 기념사진 촬영 자체는 끝났다.

사업 문제로 며칠 밤낮을 샌 것보다, 서유라만 따르는 최설우를 상대하는 게 더 피곤했다.

"아빠, 아빠."

먼저 옷을 갈아입고, 한복에 맞춰 다시 한 화장을 지우고 있는 서유라를 기다리고 있자 최설우가 야구공을 갖고 아장아장 걸어왔다.

"꽁 던지자."

돌잔치 때 집었던 야구공.

최설우가 그걸 휙 던졌다.

평소라면 웃으면서 돌려주겠지만 최창수는 꿍해 있었다.

"설우 너, 아까는 엄마만 보더니 공 던질 때만 아빠한테 오는 거야?"

"몰랴."

"뭘 몰라. 아빠가 다 봤어."

"몰랴, 몰랴."

최설우가 고개를 연신 갸웃갸웃 거리며 공을 집어 다시 최창수에게 던졌다. 이번에도 가만히 있자 놀아줄 때까지 던진다는 듯 다시 집어 또 던지고를 반복했다.

"으이구. 공 그렇게 던지는 거 아니라니까."

이 세상에 자식 이기는 부모가 있는가.

최설우의 애교 아닌 애교에 꿍해있던 마음이 사라진 최창수는 서유라가 나올 때까지 공을 던지며 놀았다.

"설우는 공 던지는 거 즐겁니?"

"웅!"

"나중에 야구선수 할래? 그럼 공 많이 던질 수 있어."

"할래!"

말하면서도 최설우가 공을 저 멀리 휙 던졌다. 때마침 옷을 갈아입고 나온 서유라가 공을 집었다.

"잘 놀고 있었나 보네."

"설우가 공 던지는 거 즐겁다 하네. 야구선수도 되고 싶대. 요즘 주니어 야구교실도 많던데 보낼까?"

"안 돼. 초등학교 입학 전에는 아무것도 안 시킬 거야. 그리고 창수 너 예전에 말하지 않았어? 애들 조기교육 시키는 부모 이해 안 된다고."

"어…… 그랬지."

최설우를 갖기 전이었다.

자신은 자식을 가지면 아무것도 시킬 생각이 없었다.아무리 돈을 쏟아 붓고, 갖은 잔소리를 해봤자 본인 의욕이 없으면 서로 감정만 상하게 되니까.

당장 자신만 하더라도 중학교 시절까지는 부모님이 억지로 보낸 학원을 다니면서 곤욕을 치러야했고, 고등학교 입학 전에 크게 말다툼을 벌이기도 했다.

아무리 부모의 욕심이 있더라도 그걸 자식이 몰라주면 소용없는 일.

자식이 알더라도 부모의 욕심이 자신과 일맥상통하지 않으면 그저 기력만 소모하는 일.

당장 그때까지만 해도 자식이 직접 나서서 이게 하고 싶다고 말하기 전까지는 몇 살이 되더라도 얌전히 믿고 기다려줄 생각이었다.

그 누구도 아닌 자신의 자식이니까.

자신을 닮았으면 늦더라도 하고 싶은 걸 발견하고, 그 분야에서 큰 성공을 거둘 거란 확신이 있었다. 안 되면 적극적으로 도와줄 생각도 있었고.

"뭐랄까. 막상 부모가 되니 어느 정도 이해할 수 있더라고."

어째서 그들이 그토록 자식에게 열과 성을 다하는 지.

자식의 성공을 바라는 건 어느 부모나 똑같은 마음이고, 그 성공을 더욱 빠르면서도 확실하게 갖기를 바란다.

최창수 역시 마찬가지였다.

자신이 이 자리에 올라올 수 있던 건 노력도 있었지만 운수 대통령의 힘도 컸다.

하지만 최설우는 오직 스스로의 힘, 그리고 자신의 노력으로만 결과를 이뤄야 한다.

이미 큰 성공을 이룬 자신이었기에 욕심이 났던 걸지도 모른다.

어릴 적부터 야구선수의 꿈을 키워, 학창시절에는 괴물 신예라는 타이틀을 얻고, 국내리그에서 이름값을 올린 후 해외로 떠나 세계적인 선수가 되는 것.

만약 최설우가 정말로 야구선수가 되고 싶다면 이 모든 과정이 빨리 올 수 있도록 도와줄 생각이었다.

그렇다고 자신이 성급하지 않은 건 아니다.

이 나이 때는 뭐가 됐든 부모 말이면 다 좋다고 하니까.

"천천히 생각하자. 우리도 아직 젊고, 설우가 아직 성장할 날이 많이 남았잖아."

"……그래. 미안하다."

"사과까지 할 정도는 아니고, 우선은 유치원 등록부터 하러 가자."

최설우가 36개월이 되는 순간 바로 유치원에 보내기로 두 사람은 얘기를 나눴었다.

너무 오랫동안 부모하고만 있어도 차후 문제의 소지가 되니까.

두 사람은 스튜디오 카운터에서 사진 값을 계산했다.

"총 54만원입니다."

강남에서 유명한 카메라맨의 촬영. 그리고 각종 무대 및 의상 대여비가 생각보다 셌다.

"일시불로 해주세요."

최창수에게는 별 거 아닌 돈이었지만.

"사진 잘 찍혔다, 그치?"

최설우와 함께 뒷좌석에 앉은 서유라가 오늘 촬영한 사진을 봤다. 자잘 자잘한 건 작게 인화되어 있었고, 잘 찍힌 사진은 액자에 담겨 있었다.

"누가 우리 자식 아니랄까봐, 카메라 빨 잘 받네."

시동을 걸면서 서유라가 건넨 사진 몇 장을 바라봤다. 한복과 동물 잠옷, 턱시도 등등 다양한 옷을 입은 세 사람.

두 사람의 눈에는 오직 최설우만 보였다.

"양가 부모님도 함께 찍었으면 좋았을 텐데."

한 달 전 최창수는 가족과 함께 부모님을 만나러 갔었다. 저녁을 먹고, 할아버지 할머니 사랑을 독차지하는 최설우를 보던 도중 오랜만에 자신이 살던 방에 들어갔다.

그곳에서 서유라와 고등학생 때 얘기를 나눴다. 가장 먼저 떠오른 건 복권 구매를 위해서 서유라를 집에 초대했던 그 시절이었다.

한창 웃고 떠들다보니 고등학생 때 앨범이 눈에 들어왔다.

서유라는 흑역사라면서 절대 보지 말라고 했지만 최창수는 기어코 앨범을 확인해 몇 번이고 등짝을 맞았다.

그걸 시작으로 집에 있는 앨범을 전부 확인했고, 한 가지 공통점을 발견했다.

'초등학생이 마지막이었지. 부모님이랑 함께 사진 찍은 거.'

아무리 즐거워도 시간이 흐르면 그건 추억이 되고 흐릿한 기억으로 바뀐다.

그 추억을 선명하게 남기는 건 사진 밖에 없다.

"우리 부모님은 대량주문 들어와서 바쁘고, 장인어른 댁은 갑자기 휴가가 미뤄지고."

"아쉽지만 오늘만 기회인가? 다음에 또 오자. 어차피 사진 많이 찍을 거잖아?"

두 사람 다 초등학교 이후로 부모님과 사진을 함께 사진을 찍은 적이 없다.

같은 경험을 했기에.

이제부터는 최대한 많은 추억을 사진으로 남겨둘 생각이었다.

잠시 후.

두 사람은 집에서 10분 정도 떨어진 곳에 위치한 어린이집에 도착했다.

"외관은 합격이네."

최창수가 엄격한 어조로 말했다.

강남 어린이집이란 간판을 단 곳은 3세에서 5세의 유아만 전문적으로 상대하는 곳이었다.

외관은 디즈니 애니메이션에 등장하는 성처럼 생겼고, 간혹 보이는 어린이집 마당에 놓인 놀이기구 또한 특이한 디자인이었다.

"동네 아줌마들 평가가 좋더라고. 자잘한 사고 한 번 난 적 없대."

"부자 동네에 있는데 당연히 그래야지."

3년 동안 최설우가 다닐 곳이다.

엄격, 또 엄격하게 봐야만 한다.

두 사람은 어린이집에 들어갔다.

처음 보는 장소, 처음 보는 또래.

그게 신기했는지 최설우는 낯설어했지만 예쁜 보육원

교사를 보자 손을 파닥파닥 휘저으며 좋아하기 시작했다.

"어서 오세요."

원장실에 들어가자 삼각 뿔테 안경을 쓴 50대 원장이 지나칠 정도로 웃으며 둘을 반겼다.

"이 근처에 AG기업 대표님이 사신다는 얘기는 들었지만 설마 저희 어린이집을 찾아주실 줄 몰랐네요."

"이곳이 강남 중 최고라 하더라고요."

"두 말 하면 잔소리죠. 최고의 시설, 최고의 급식, 최고 수준의 보육원 교사! 모든 면에서 최고 수준을 유지하고 있어요."

원장은 묻지도 않았는데 어린이집 커리큘럼을 꺼냈다.

"10시부터 6시까지 운영해요. 상황에 따라 최대 12시까지 자녀 분 돌보고요. 급식이랑 간식은 전문 영양사가 짜준 대로 먹이죠. 그 외 수업은……."

누가 강남 부자동네에 위치한 어린이집 아니랄까봐 과목도 내용도 이 어린애들이 벌써부터 배워야 할 필요가 있나 싶은 것들이었다.

"또 영재반이란 걸 운영해요. 또래에 비해 뛰어나다 싶으면 좀 더 심화과정을 가르치는데……."

말을 하다 말고 원장이 최설우를 바라봤다.

화장이 찐한 늙은 얼굴이 별로였는지 최설우가 서유라 품에 꼬옥 안기며 말했다.

"못 생겨쪄……."

"뭐······! 뭐어, 어머어머! 자녀분이 말도 잘 하네요. 4살 쯤 됐나요?"

상대가 상대인지라 어떻게든 화를 억눌렀다.

"아뇨, 이번 달에 갓 3살 됐어요."

"정말요?"

이번에는 원장이 진심으로 놀랐다.

"어머, 3살인데 발음이 참 또박또박하네요. 발육도 또래 보다 뛰어난 듯 하고, 또 대기업 대표님 자녀면 당연히 머 리도 좋을 텐데 영재반 어때요?"

"영재반이면 일반반 애들과 못 어울리는 거 아닙니 까?"

"아뇨! 수업만 따로 받지, 그 외 생활은 다 같이 어울립 니다."

"음······."

고민해봤다.

영재반에 넣는 게 좋은 일일지.

'괜찮겠지? 어른도 아니고 애들이 벌써부터 계급싸움 할 일도 없고.'

최창수가 고개를 끄덕였다.

"그럼 영재반으로 입소시킬게요."

"잘 생각하셨어요! 그런데······ 영재반이 아주 쪼금 더 비싸거든요."

"돈은 상관없어요."

경제적 여유는 충분하다. 굳이 자식을 위해 돈을 아낄 필요가 없다.

게다가 자신은 집안이 가난해 어릴 적부터 많은 경제적 제약을 갖고 살았다. 적어도 자식만큼은 돈 걱정 없이 살게 해주고 싶었다.

최창수는 입소 신청서에 사인을 했다.

일반반은 월 120만원. 영재반은 월 150만원이었다.

"네가 사인할 때 손 떨리는 줄 알았어……."

원장실에서 나와, 다음 주부터 최설우가 다닐 어린이집을 자세히 구경하고 있자 서유라가 다가왔다.

"손이 왜 떨려? 수전증 생겼냐?"

"아니거든, 바보야."

"나도 알아. 그래도 설우 잘 되란 건데 그깟 돈이 문제냐? 없는 것도 아니고."

"으음…… 난 아직도 돈 씀씀이를 못 늘리겠어. 아니지, 늘리면 안 되네. 창수 네가 뭐만 하면 필요하다고 펑펑 쓰니까 나라도 검소해야겠어."

"쓰는 거 몇 백 배는 더 버는데 굳이 스트레스 받을 일 있냐? 그보다 설우는 어디 있어?"

"저기."

서유라가 어딘가를 가리켰다.

그곳에 있는 작은 미끄럼틀.

최설우는 오늘 처음 만난 또래 친구들과 사이좋게 미끄

럼틀을 타고 있었다.

"너 닮아서 애들이랑 금방 친해지더라."

"음, 좋아. 외모는 엄마 닮아도 상관없지만 능력은 꼭 아빠를 닮아야지."

"뭐? 너 지금 내가 능력 없다고 말하는 거야?"

서유라가 양볼에 바람을 가득 넣었다.

그때였다.

"저기……."

슬슬 하교 시간이 됐는지, 어린이집 현관문 쪽에는 다섯 명의 아줌마가 서 있었다.

하나 같이 돈 좀 많다는 느낌을 풍기고 있다.

"최창수 대표님이죠?"

그 중 한 명이 최창수에게 다가왔다.

"네."

"어머, 원장 말이 사실이었구나. 다음 주부터 자녀 분 여기 다닌다면서요? 자녀분은 어디에……?"

"설우야, 잠깐 와 봐."

서유라가 부르기가 무섭게 최설우가 종종 걸음으로 다가와 다리에 착 달라붙었다.

"어머, 부모님 닮아서 예쁜 거 봐."

"그러게. 세 살이라 하던데 네 살은 먹어 보이네."

다섯 명의 아줌마가 최설우를 둘러싸고 각종 칭찬세트를 늘어놓기 시작했다. 그리고는 자기 자식을 데려와 인사를 시켰다.

"얘는 제 딸이에요. 수진아 인사해야지."

"자, 민우야 너도 어서."

부모의 강요에 어린애들은 뭣도 모르게 고개를 꾸벅였다.

"앞으로 같은 어린이집에 자녀 보내는데 친하게 잘 지내요, 우리."

"저도 잘 부탁드려요. 참, 궁금한 거 있으면 언제든 이 번호로 연락주시고요. 호호호."

"아, 네."

건성으로 대답한 최창수는 자리를 떴다.

"다들 좋은 분 같네. 설우 칭찬도 해주고, 애들 데려와서 인사도 시키고. 설우가 유치원에서 겉도는 일은 절대 없겠어."

차에 오르기가 무섭게 서유라가 말했다.

"그러게."

"……기분 안 좋아졌어?"

"왜?"

"그 아줌마들 몰려왔을 때부터 한 번도 안 웃었잖아. 지금도 그렇고. 네가 차분한 표정 지을 때가 딱 두 가지인데, 하나는 일 문제고 또 하나는 화났을 때더라고."

"……누가 아내 아니랄까봐 남편 잘 아네."

"왜 화났는데?"

"그냥 뭐…… 감투 보고 오는 사람이 싫어서 그래."

자신의 지위가 점점 높아질수록 주변에 몰려드는 사람이 많아졌다.

그 중 열이면 아홉, 죄 다 자신의 감투가 떨어트리는 콩고물이라도 먹으려는 사람뿐이었다.

"만약 내가 평범한 회사원이거나 공장 직원이었다면 똑같이 날 대했을까? 아까 그 원장도 그래. 내 직업이 평범했다면 설우가 못 생겼다 말했을 때 자식 교육을 어떻게 시켰냐고 뭐라 했을 걸."

"그건 너무 비약 아냐?"

"아니야."

정말 많은 사람을 만나왔다.

이제는 말 몇 마디만 나눠도 어떤 사람인지 파악할 수 있을 만큼 스스로의 통찰력과 경험도 쌓였다.

"아까 그 아줌마들은 전부 감투를 중시하는 사람이야. 그리고 그런 사람은 전부 자기 배부른 거만 생각하지, 남 배고픈 건 생각 안 해."

"그런가……."

"아까 그 사람들 자녀 표정 봤어? 하기 싫은 거 억지로 하는 표정이더라. 자기 자식한테도 그런데 남한테는 더하겠지."

"무슨 말인지 알겠으니까 그만 하자. 설우 울려고 해."

둘 사이에 흐르는 냉랭한 분위기를 느낀 모양이었다.

그래서 최창수는 더 이상 말하지 않고 운전에만 집중했다.

'모두가…… 공평한 대접을 받는 세상이 되면 좋겠다.'

송근태 현대 판타지 장편소설

마지막 이야기
전력투구

운수 대통령

운수 대통령

마지막 이야기
전력투구

"설우는 어때요?"

점심시간.

회사 밖 흡연시설에서 이창현과 담배를 태우고 있었다.

"잘 지내고 있어요. 참, 며칠 전에 유라 대신 제가 설우 데리러 갔는데 어떤 일이 있었는지 아세요? 현관문 딱 열자마자 여자 애들한테 둘러싸인 설우를 봤는데…… 제가 데려가려고 하니까 막 안 된다고 소리를 지르는데. 어우, 누굴 닮아서 그런 건지……."

최창수가 진지하게 말했다.

이창현 입장에서는 흐뭇한 미소만 지어졌지만.

"대표님도 아빠 다 되셨네요."

"그러게요. 생기기 전에는 방치하려고 했는데 막상 생기니 사소한 것도 다 신경 쓰이네요."

"너무 방치하는 것도 신경 쓰는 것도 안 좋으니까 주의하셔야 해요."

"경험자 말씀이니 귀담아 들어야겠네요."

최창수가 이창현에게 허리를 숙였다.

이창현은 딱히 우월한 느낌 없이 호탕하게 웃을 뿐이었다.

아빠가 된 후, 자식이 있는 직원들과 더 많은 얘기를 나눌 수 있게 됐다.

최창수는 그 점이 너무 행복했다.

누군가와 공감을 나눌 수 있다는 건 좋은 일이니까.

"창현 씨 딸은 곧 중학생이죠?"

"네. 내년에 중학생인데, 얘가 참…… 딱히 속 썩이는 건 없는데 꾸미는 걸 너무 좋아해서 허리가 휘네요."

"그거, 월급 좀 올려달라는 뜻이죠?"

"하하하! 올려주시면 저야 거절 안 하죠."

"긍정적으로 검토해볼게요."

오래된 상하관계는 이제 농담까지 할 만큼 허물어졌다.

담배를 다 태운 두 사람은 각자의 일터로 돌아갔다.

"다들 왜 모여 있어요?"

대표실 근처에 도착한 최창수의 두 눈이 휘둥그레졌다.

직원 열 명이 대표실 앞에 모여 오순도순 얘기를 나누고 있었다. 모두 한 자식의 부모였고, 뭔가 하나씩 들고 있다는 공통점을 갖고 있다.

"아, 대표님! 드릴 거 있어서 왔어요."

직원이 우르르 달려와 손에 든 걸 건넸다.

"이거 저희 애가 3살 때 입은 옷인데 마음에 안 든다고 몇 번 안 입어서 새 거 같아요."

"저번에 대표님이 설우 간식 고민해서 저희 애가 먹는 거 몇 개 가져와봤어요."

"이거 육아관련 책인데 도움이 되실 거예요."

직원들이 건넨 건 전부 육아와 관련된 용품이었다.

"뭘 이런 걸 다……."

말은 그리 했지만 큰 감동을 받았다.

진심으로 자신과 설우를 생각해서 가져온 거니까. 퇴근 후 지쳤는데, 아침에 힘겹게 일어났는데. 그 상황에서도 자신을 생각해서 육아 용품을 가져온 게 너무도 고마웠다.

"이거 주셔서 보너스 없어요."

"보너스 필요 없어요! 저희 해고만 하지 말고 지금의 AG 기업을 유지해주세요!"

직원들이 입을 모아 말했고, 슬슬 점심시간이 끝나가 우르르 엘리베이터로 향했다.

"부하 직원 하나는 정말 잘 됐어."

윗물이 깨끗하면 아랫물도 깨끗한 법이다.

AG기업이 추구하는 목표도, 그 목표를 계속해서 이뤄가는 대표도 깨끗하고 정의로움 그 자체다 보니 밑에 쌓이는 직원도 대부분 비슷한 성향이었다.

"그나저나 많기도 하네."

대표실 테이블에 직원들의 선물을 올려뒀다. 분명히 사람은 열 명이었는데 육아 용품은 서른 개가 넘었다.

'돈 아낄 수 있으니 좋네.'

무엇보다 이 육아 용품을 사용한다는 건 상대방과의 추억을 공유한다는 뜻.

그 사실이 가장 기뻤다.

똑똑.

한창 육아 용품을 확인하고 있자 노크소리가 들려왔다. 들어오라 말하자 비서가 문을 열었다.

"대표님……."

자신을 부르는 비서의 표정에는 불쾌함이 가득했다. 순간 육아 용품을 너무 흐뭇하게 바라보는 자신 때문인가 고민했지만 그건 아니었다.

"AG 강남점에 진상이 나타났다고 합니다."

"진상이요? 다른 곳도 아니고 우리 영업점이요?"

비서의 말이 확 와닿지 않았다.

그도 그럴 게 AG는 신입 사원 연수 시간 때 진상을 상대하는 방법을 배우기 때문이다.

그들은 우리에게 이득되는 손님이 아니니 모진 말만 내

뱉어 어서 내쫓아라. 진상 대부분은 사회적 지위를 잠시라도 상승시켜 스트레스를 풀려는 종속이니 무조건 하대하라. 그들은 관심에 굶주린 사람이니 뭐라 해도 참고 절대 대꾸하지 마라 등등.

진상에게 당한 경험이 있는 직원 및 시민을 상대로 한 앙케이트 결과를 토대로 최창수가 직접 만든 메뉴얼이었다.

진상 역시 사회를 좀 먹는 존재니까.

한 해 진상 때문에 발생한 손해는 결코 적지 않다. 그들 때문에 사회적 자신감을 잃는 직장인도 제법 있고, 심하면 PTSD에 걸리는 사람도 존재한다.

자신의 스트레스를 풀기 위해서.

자신의 자존감을 높이기 위해서.

개인적인 욕심 때문에 남을 폄하하는 인간은 결코 존재해서는 안 됐다.

"직원들 메뉴얼대로 잘 대처했다고 합니까?"

"강남점에서 근무하는 직원이 다섯 명인데, 그 중 한 명이 고객에게 휘둘리고 있다고 합니다. 입사한 지 두 달 밖에 안 됐고, 고등학교 졸업한 지 1년도 안 된 직원이라 대처가 미숙했나 봅니다."

"다른 직원들은요?"

"말리고는 있다는데…… 상황이 좋게 끝날 거 같지 않아 본사 경영팀에 보고한 모양입니다."

심각한 진상의 경우 AG기업 측에서 개인적으로 소송을 거는 경우도 있다. 영업방해죄, 모욕죄 등등 상당히 많은 죄명을 씌울 수 있으니까. 개인적으로 친한 법 관련 종사자가 많기에 몇 번 있던 법정 싸움에서 늘 승소했었다.

"육아 서적 좀 읽으려고 했건만."

최창수가 자리에서 일어났다.

· · · ◆ · · ·

AG의류 강남점은 본사에서 약 20분 정도 떨어진 거리에 위치해 있다.

"뭐야, 저 사람 미쳤나 봐. 우리 아까 이 근처 지나갔을 때도 있었지?"

"존나 쭈글쭈글 아줌마던데. 생긴 대로 산다는 말이 맞다니까. 진상 한 명 때문에 손님 전혀 없네."

때마침 강남점 근처를 지나가던 행인의 말이 귓가에 들어왔다.

그들의 말대로 AG의류 강남점 2층 창문으로는 간간히 손님이 보였지만 1층에는 직원과 진상만 있을 뿐이었다.

"우선 영업방해죄 하나."

최창수가 문을 열고 안으로 들어갔다.

딸랑 거리는 소리.

직원 몇 명이 최창수를 먼저 발견하고 화색 지었다. 하지만 곤욕을 치루고 있는 직원과 그 원인인 진상은 서로 기싸움 하느라 바빠 보였다.

"이 대가리에 피도 안 마른 시발년이 어디 감히! 야, 며칠 전에 네가 이 옷 계산 해준 거 기억 안 나? 내가 포장 조심스럽게 해달라고 했는데 대충 쑤셔넣어서 팔목 찢어졌잖아!"

"이봐요, 손님."

"뭐? 손님한테 이봐요? 여기는 대체 직원 교육을 어떻게 시킨 거야!"

"그럼 진상 분 고객님은 자식 교육을 어떻게 시킨 겁니까?"

한창 욕을 내뱉고 상황.

돌연 자신의 것이 아닌 욕이 귓가를 거슬리게 했다.

고개를 휙 돌리자 최창수가 보였다.

"뭐야, 당신은."

"AG기업 대표 최창수입니다."

"대표님!"

"괜찮아요, 하봄 씨? 어우 웬 또라이 상대하느라 고생 많았어요."

최창수가 진상과 어깨를 쎄게 부딪히고는 오하봄의 어깨를 부드럽게 감쌌다.

"학교에서 몇 년 고생하다가 이제야 좀 편해지려고 하는데, 이상한 사람 때문에 지쳤죠? 제가 상대할 테니까 오늘은 이만 퇴근해요."

"그, 그래도 돼요?"

오하봄이 감동 받았다는 듯 얼굴을 붉혔다. 좋은 분이라고 상사로부터 듣기는 했지만 막상 마주하니 더욱 호감형이었다.

"물론이죠. 참, 그리고 매니저님."

"네!"

"3일 정도 직원 한 명 빠지면 업무 강도 높아집니까?"

"아뇨, 괜찮습니다."

"그렇다고 하네요. 3일 정도 집에서 정신적 안정 푹 취하세요."

"어…… 해, 해고하시는 건 아니죠?"

AG의류 강남점에 취직하기 전에 공장이나 Pc방 등에서 근무했다. 사회 경험이 전무하다 보니 일처리가 미숙한 적이 많았고, 그때 몇 몇 사장은 며칠 쉬라 말하고는 출근 당일 날 해고 통보를 내렸다.

이번에도 그런 건 아닌가 내심 걱정됐다.

해고 될 바에야 차라리 진상에게 욕 먹는 게 낫다고 생각될 정도로.

하지만 최창수가 누구인가.

"AG기업은 직원이 제 발로 나가는 게 아닌 이상 절대 해고하지 않습니다."

최창수가 사실만을 전했다.

그제야 믿음이 갔는지 오하봄이 도망치듯 직원 휴게실로

사라졌다. 잠시 후 나온 그녀는 진상을 향해 가운데 손가락을 올리고 완전히 모습을 감췄다.

"……평범한 손님한테는 안 저러죠?"

"착한 애입니다. 아마도요."

복잡한 감정으로 고개를 끄덕이고는 진상을 바라봤다.

"자, 진상님. 무엇이 불만인지 우선 말해봐요."

"허…… 여기는 직원도 대표도 다 미쳤네. 그래, 말한다. 이 옷 보여?"

진상이 AG의 상품인 티셔츠를 들었다.

"소매 찢어진 거 보이지? 아까 그 년이 포장 똑바로 안 해서 찢어졌으니까 바꾸고, 이 일 알려지기 싫으면 30만원 내놔."

"죄송하지만 돈은 진상님이 내셔야겠네요."

"뭐?"

"저희 기업은 진상을 상대로는 법적 조치 말고는 어떠한 대처도 해드리지 않고 있습니다. 그리고 포장 똑바로 안 해서 티셔츠 손목이 찢어졌다고 하는데, 생각 좀 하고 말 해주지 않을래요? 너무 멍청해서 상대하기도 싫네요."

"뭐, 뭐?!"

진상의 얼굴이 수치심에 젖어 붉어졌다.

"정 뭐하면 CCTV확인해볼까요? 직원이 어떻게 포장했는지?"

"보, 보던가!"

"좋습니다."

최창수가 진상을 데리고 직원 휴게실로 들어갔다. 곧장 CCTV를 자료를 확인했지만 오봄하는 정성스럽게 포장을 했고 문제가 될 건 전혀 없었다.

"포장은 잘 했습니다만?"

"우, 웃기네! 영상 돌려봐! 여기 팔 필요 이상으로 넣은 거 보여? 이거 때문에 찢어진 거라고! 아 몰라. 더 이상 말 나누기 피곤하니까 환불하고 돈이나 내놔!"

"돈이라…… 30만원이었죠? 매니저님."

"네!"

문앞에서 대기하던 매니저가 우렁차게 대답했다.

"이 진상 옷 환불해주고 30만원 줘요."

"네……?"

매니저가 크게 당황했다.

설마 최창수가 진상에게 패배할 거라고는 생각 조차 못했으니까.

"어서 줘요. 나중에 더 크게 받아내면 되니까."

그 말에 진상도 매니저도 고개를 갸웃거렸다.

최창수는 직원 휴게실 책상 서랍을 열어 직원 메뉴얼 자료를 꺼냈다.

"어디 보자. 우선 진상님이 저희 영업점에 끼친 피해는 영업방해죄, 인격모독죄, 그리고 금품갈취죄 총 세 개네요. 이야, 이 정도면 합의금 제법 나오겠는데요?"

"허! 너 지금 나 협박하냐?"

"협박이라뇨. 정당한 절차를 밝는 거죠. 매니저님, 경영팀에 4월 15일 7시 34분 26초 때 신용카드 결제한 회원 조회해달라고 전하세요. 법적 증거물로 사용할 겁니다."

"너, 너 인마!"

"너가 아니라 최창수."

자신보다 열 살은 더 많아 보이는 진상.

하지만 반말은 거침없이 나왔다.

"어디서 처음 보는 사람한테 계속 반말에 삿대질이야. 미쳤어?"

"뭐, 뭐?"

"나이가 벼슬이 아니야. 어른스러워야 걸맞은 대접을 해주지. 나도 더 이상 진상이랑 말 섞기 싫으니까, 자."

최창수가 손가락으로 출입문을 가리켰다. 그리고 방긋 웃었다.

"꺼지실 문은 저쪽에 있으니까 가는 길 뒤통수 조심하세요."

"너 이 새끼! 이거 인터넷에 올리면 좆되는 거 몰라?!"

"올리세요. 그럼 죄목 하나 더 추가되니까 오하봄 직원에게 줄 위로금도 늘어나니 환영이죠."

"이, 이 자식이!"

"아 시끄럽네."

쾅!

최창수가 진상을 벽으로 몰았다. 그리고 죽일 듯 노려보며 벽을 힘껏 걷어찼다.

"좋게 말할 때 꺼지라고. 왜 말을 못 알아들어."

"······."

정말 위험하다 생각했는지 진상은 그저 침만 삼킬 뿐이었다.

"당장 나가시고요. 3일 뒤에 오봄하 직원에게 정식으로 사과하세요. 무시하거나, 같은 일 반복할 시 그때는 정말로 법적 조치할 겁니다. 30만원 벌려다가 몇 백만원 잃고 싶으면 마음대로 하시고요."

"······죄, 죄송합니다."

방금 전까지 강하게 나왔던 진상이 고개를 푹 숙였다.

최창수가 진심이란 게 느껴졌으니까. 이대로 없는 일은 계속 크게 벌려봤자 좋을 게 없었다.

"대, 대단하십니다."

진상이 얼굴을 붉히며 밖으로 나가자 매니저가 감탄을 터트렸다.

"이렇게 대처해야 하는거군요."

"저 진상은 특히 심해서 저도 세게 나갔습니다."

"그런데······ 정말 인터넷에 올리면 어떡하죠?"

"뭐 어떡해요. 어떻게든 발견해서 고소 해야죠. 그리고 걱정 마요, 여론은 제 편이니까요."

예전에도 한 번 이와 비슷한 일이 있었다. 최창수가 진상이랑 똑같이 행동했고, 그 진상은 인터넷에 자기 잘못만 쏙 빼놓고 AG기업을 비난하는 게시물을 작성했다.

그 당시에는 AG기업을 욕하는 이들이 있었지만, 실상이 밝혀진 뒤로는 역시 AG는 정의구현의 달인이라면서 편으로 돌아섰다. 워낙 좋은 하는 AG기업이다 보니 요즘은 비방글이 나타다고 네티즌 대부분이 개소리로 치부하고 있다.

"3일 뒤에 봄하 씨가 제대로 사과 받았는지 보고 전화 주세요."

"네, 알겠습니다!"

매니저가 한 수 배웠다는 듯 최창수를 바라봤다.

· · · ◈ · · ·

그로부터 반 년 후.

흥분할 수밖에 없는 일이 생겼다.

· · · ◈ · · ·

운수 대통령을 처음 얻은 게 고등학교 3학년 1학기 때다.

친구들의 짓궂은 장난 때문에 계단에서 구를 뻔했지만 자기 대신에 휴대폰이 희생했다.

친구들이 미안하다고 준 돈과 자신의 용돈을 포함해서 인터넷에 있는 중고매물 거래를 성사시켰고, 낡은 캐비닛 앞에 도착하게 됐다.

그 곳에서 운수 대통령이 설치된 휴대폰을 얻었다.

처음에는 믿지 않았다.

그저 잘 만든 여흥거리에 불과한 어플이라 생각했지만 시간이 차츰 흐르게 되자 운수 대통령의 힘을 계속해서 빌리게 됐다.

운수 대통령의 자신의 인생에 일부였고, 상당히 큰 부분을 차지하고 있었다.

만약 운수 대통령이 없었다면?

지금하고는 다른 삶을 살고 있었을 게 분명하다.

AG기업이라는 대표가 되는 것도, 유능하고 착한 부하 직원 수 천을 거느리는 것도, 유명한 사업가나 연예인과 알고 지내지도 못했을 거다.

어쩌면 서유라와 결혼조차 하지 못했을 지도 모른다. 그랬다면 최설우도 없었을 테고.

그만큼 운수 대통령은 자신에게 많은 걸 갖다 줬다.

돈과 명예, 그리고 행복…….

그 모든 걸 운수 대통령 체험판으로 이뤄냈다.

만약 정식판이 된다면?

얼마나 더 강대한 힘을 얻게 될 지, 상상만 해도 늘 설레었다. 그 상상을 현실로 만들기 위해서 많은 노력을 했다.

사업 대부분을 일 보다는 추억을 쌓는다는 생각으로 임했고, 그때마다 추억 트로피를 획득했다.

하지만 대부분이 랭크가 낮은 추억 트로피라서 정식판 게이지는 달팽이처럼 느리게 차올랐다.

하지만 그 속도가 무섭게 상승한 계기가 바로 하나 있었으니.

바로 결혼 이후부터였다.

안 그래도 행복하고 즐거웠던 인생이 결혼을 하고나니 더욱 아름다운 색으로 변하기 시작했다.

뭘 먹어도, 어떤 길을 걸어도, 같은 시간에 자도, 똑같은 옷을 입어도.

그 모든 과정에 서유라가 있었기에 모조리 소중한 추억이 됐고 그건 트로피가 되어 돌아왔다. 기쁜 일이 두 개나 되니 결혼 생활은 더 즐거울 수밖에 없었다.

거기에 최설우까지 포함되니 대학생 때처럼 하루에도 몇 개의 트로피를 연속해서 획득했다.

그리고 마침내 정식판 게이지를 97%까지 끌어올렸다.

정식판을 획득해도 추가 되는 기능은 한 달에 한 번씩 직접 목표를 설정하는 것, 그리고 아직은 그 내용을 모르는 추억 다이빙 둘 뿐이지만.

운수 대통령 정식판 버전이니만큼 강력한 능력을 갖고 있을 거란 확신이 있었다.

그 확신을 확인할 시간이 됐다.

'12년이나 걸렸어!'

운수 대통령 정식판을 위해서 트로피를 획득하기 시작한 세월이었다.

정말 길었기에 시야에 들어온 문장이 더욱 감격스러웠다.

〈운수 대통령 정식판 설치 98% 진행 중…….〉

오봄하 사건을 처리했을 때의 정식판 게이지가 95%였다. 정말 고지가 멀지 않았고, 최창수는 자신의 추억도 쌓고 AG기업의 주가를 더욱 올릴 방안으로서 더욱 많은 선행을 벌였다.

그 중에는 AG기업에서 직접 노조를 설립했고, 법 전문가와 함께 노동자의 인권 재확립에 두 팔 걷고 나섰다.

비록 정부로부터 기업의 역할을 너무 크게 벗어났다는 경고를 받아 만족스러운 결과는 내지 못했지만 당초에 계획했던 건 모두 얻었다.

〈첫 계획 실패의 추억 트로피〉

저것이 바로 정식판 게이지를 100으로 만들어 준 최후의 트로피였다.

그동안 성공가도를 달린 최창수.

그에게 있어 인생 최초로 계획을 마무리 짓지 못하고 중간에 접어야만 한 게 바로 노조 설립이었다.

여태껏 겪지 못한 걸 경험했기 때문일까?

저 트로피가 모자랐던 게이지를 전부 채워줬다.

운수 대통령은 정식판 업그레이드를 하겠냐는 안내 메시지를 보여줬고, 최창수는 흥분을 억누르며 수락 버튼을 눌렀다.

그로부터 일주일이 지났다.

띠링!

일주일 동안 잠잠했던 운수 대통령이 경쾌한 소리를 냈다.

〈축하드려요, 운수 대통령님! 그리고 감사합니다! 드디어 절 정식판으로 만들어주셨군요! 앞으로도 운수 대통령님을 위해서 노력할게요!〉

〈정식판 획득 축하 보상 : 인생 포인트 +1000 / 소원 게이지 1000%〉

〈해금된 능력 : 개인 목표 설정 / 추억 다이빙〉

그토록 기다리고 기다렸던 메시지!

"대박! 인생 포인트랑 소원 게이지도 주다니, 운수 대통령 완전 혜자네~"

희열에 젖은 최창수는 함박웃음을 지으며 의자에 편하게 등을 기댔다. 그리고 정식판 획득 메시지를 몇 번이고 계속 읽었다.

"기념사진도 찍어야지."

찰칵.

다른 휴대폰으로 이 순간을 사진으로 남겼다. 그걸로 끝나지 않고 모두와 기 기쁨을 공유하기로 했다.

"이 비서님."

비서실로 전화를 걸었다.

"열흘 뒤에 월급날이잖아요? 전 직원 20% 추가 보너스 지급하라고 경영팀에 전해주세요."

"예?"

"좋은 일이 있는데 저만 기뻐하기 아까워서 그래요. 아셨죠?"

"아, 네. 대표님 말씀이니 바로 전하겠습니다."

바로 경영팀에 전화를 걸었는지, 회사 메신저로부터 사실이냐는 전진문의 메시지가 찾아왔다.

진행하라고 말하자 금세 회사 곳곳에 소문이 퍼졌는지 이번에는 직원들의 메시지가 하나 둘 찾아왔다.

〈대표님 짱^_^!! 감사히 잘 쓰겠습니다!〉
〈회사를 위해서 뼈와 살, 피까지 전부 바치겠습니다!〉
〈대표님 덕분에 몇 달 더 빨리 집 살 수 있을 거 같아요!〉

수백 통의 메시지를 빠짐없이 읽고 전부 답장을 돌려줬다.

"좋은 일은 나눠야지."

최창수가 흐뭇하게 웃었다.

"자, 이제 궁금증을 풀어볼까!"

정식판 체험 때 유일하게 잠금 되어 있던 기능.

추억 다이빙.

그 능력의 정체를 확인하기로 했다.

〈운수 대통령의 세 번째 기능!〉

〈추억 다이빙 : 선택한 트로피를 보상 없이 판매하는 대신, 해당 트로피를 획득한 시점으로 회귀합니다. 그곳에서 운수 대통령님은 아쉬웠거나 후회스러웠던 일을 좋은 방향으로 바꾸는 등 제한된 시간 동안 뭐든지 할 수 있습니다.〉

〈해당 추억 속에서 운수 대통령님의 행동으로 인해 변한 모든 건 전부 현재의 현실에 반영됩니다.〉

〈운수 대통령님이 바꾼 결과에 따라 랭크가 매겨집니다. 보상은 랭크 마다 달라집니다.〉

〈결과가 어떻든 간에 추억 다이빙에 사용된 트로피는 복구되지 않습니다.〉

〈인생 포인트 혹은 소원 게이지로 재도전의 기회를 얻는 게 가능합니다.〉

메시지를 읽은 최창수는 역시 운수 대통령은 기대를 배신하지 않는다고 생각했다. 동시에 이번 능력에도 존재하는 페널티가 마음에 안 들었다.

'추억 다이빙, 말 그대로 정말 트로피에 담긴 추억 속으로 다이빙하는 거구나. 페널티는 있지만 상당히 좋은 기능인데?'

설명에도 떡하니 적혀 있다.

아쉬웠거나, 후회스러운 일을 바꿔볼 수 있다고.

그 문장을 보자마자 떠오르는 게 존재했다.

최창수는 네모난 칸에 그 트로피를 끌어 담았다.

〈라이벌의 장례식 첫 방문 추억 트로피에 담긴 추억으로 다이빙하시겠습니까?〉

"……물론이지."

운수 대통령을 바라보는 눈빛도, 다이빙에 임하는 마음가짐도 차분해졌다. 계속 마음에 걸렸던 일을 수정하러 가는 거니까, 들뜬 기분으로는 제대로 손도 못 써볼 거 같았다.

〈추억 다이빙 준비 중입니다. 1, 2, 3…….〉

〈준비가 완료됐습니다. 자세한 설명은 추억 속에서 진행하겠습니다.〉

〈후회 없는 여행되시길…….〉

．．．◆．．．

박문수가 없는 사람이 된 지 벌써 몇 년이 됐다.

한 때는 대한민국을 발칵 뒤집었던 그의 죽음은 당연하
게도 세월이 흘러감에 따라 자연스레 잊혀졌다.

그의 빈자리를 노린 임원들은 파벌싸움을 벌였고, 그 중
한 명이 오뚜이 대표 자리에 올랐다.

그리고 오뚜이는 빠르게 하락했고 현재로서는 전 대기업
의 영광만 겨우 유지하고 있을 정도로 경영상태가 좋지 못
했다.

경쟁업체가 사라졌으니 현재까지도 푸드푸드와 계약을
이어가고 있는 AG기업 입장에서는 경사나 다름없었다.

하지만 그건 어디까지나 관련이 없는 관계자 뿐.

오뚜이의 몰락과 깊은 연관이 있는 최창수는 복잡한 기
분이 되어야만 했다.

'박문수⋯⋯.'

그는 결코 용서받지 못할 짓을 했다.

그가 죽지 않았어도 오뚜이는 등 돌린 소비자를 붙잡지
못해 몰락의 길을 걸었을 거다.

물론 그게 박문수가 죽어도 되는 이유는 되지 못한다.

피해는 입었지만 AG기업은 멋지게 반격에 성공했고, 결
과적으로는 피해가 보이지 않을 만큼 많은 이득을 얻었으
니까.

오뚝이로부터 많은 걸 빼어왔는데, 거기에 박문수의 목숨까지 빼어온 건 지우려 해도 결코 지워지지 않는 문신과 비슷한 거였다.

'오뚝이만 피해 입은 게 아니야…… 그의 가족이 가장 큰 피해를 봤어. 상실감, 슬픔, 분노…….'

아직도 선명하게 기억한다.

원망스럽다는 듯 자신을 바라보는 박문수의 가족을.

물론 최창수에게 잘못은 없다.

그는 기업 대 기업으로서 정당한 조치를 취한 것뿐이니까.

잘못은 오직 박문수에게만 있다.

그걸 알더라도 최창수 성격상 신경을 안 쓸 수가 없다. 그동안처럼 내부자끼리만 조용히 해결했다면, 조치의 강도를 낮췄다면 그가 슬픔을 껴안은 채 사고를 안 당했을 게 분명했을 거다.

'그때는 그게 최선이었어.'

AG기업은 대한민국의 역사를 새로 쓸 곳이다.

빠르게 성장해야만 했고, 그러려면 분수도 모르고 까부는 놈들의 뿌리를 뽑아야했다. 그 초석이 오뚝이였다.

때문에 몇 번이고 자신은 정당하다 생각하며 흔들릴 뻔한 마음을 굳게 다잡았다.

그 와중에도 늘 생각은 하고 있었다.

만약 내게 그때 그 일을 막을 방법만 생긴다면 무슨 수를 써서도 바꿔보겠다고.

'이러나저러나 그 가족들의 소중한 존재를 빼앗는데 기여했지.'

바라던 기회가 찾아왔다.

추억 다이빙이라는 녀석으로 말이다.

'박문수. 내가 널 살려주마. 박문수의 가족 여러분. 제가 빼앗은 여러분의 소중한 존재, 제가 돌려드리겠습니다.'

긴 어둠이 사라지고 서서히 빛이 들어오기 시작했다.

최창수가 눈을 떴다.

가장 먼저 보인 건 서울 도심이었다.

"제대로 다이빙 한 건가?"

휴대폰을 꺼내 날짜를 확인했다.

'박문수가 사고로 죽은 날…… 여기서부터 시작하나보군.'

가장 먼저 뭘 할 지는 생각해뒀다.

최창수가 택시를 잡으려했고, 그때 운수 대통령 알람이 찾아왔다.

〈축하드려요, 운수 대통령님! 무사히 추억 속으로 다이빙하셨군요. 간단한 룰을 알려드릴게요.〉

〈우선 이 추억 속에서 운수 대통령님의 영향으로 인해 바뀌는 모든 건, 운수 대통령님이 현재 살고 있는 현실에 전부 반영되니 신중하셔야 해요.〉

〈추억 속에서 움직일 수 있는 건 72시간이 한계에요. 시간이 종료되면 결과를 못 냈어도 무조건 현실로 돌아가요.〉

〈운수 대통령님이 만족하는 사건을 중심으로 랭크가 매겨지고 추억 다이빙이 종료돼요. 한계 시간까지 남으려면 쉽게 만족해서는 안 되겠죠?〉

〈설명은 여기까지! 노력해서 꼭 좋은 추억을 바꾸세요!〉

"그래, 친절한 설명 고맙다."

이로서 추억 다이빙에 관한 정보는 전부 얻었다.

최창수가 택시에 올랐다. 목적지를 향하면서 시시각각 바뀌는 풍경이 그립게 다가왔다.

'정말 과거로 돌아오다니. 이제는 사라진 건물도 제법 있네. 저 자리에는 조만간 카페가 생길 텐데.'

신기한 기분이었다.

운수 대통령이 대단한 건 알고 있었지만 설마 이런 일까지 가능할 거라고는 생각하지 못했으니까.

추억과 놀람에 잠겨 있자 목적지에 도착했다.

"집에 있겠지?"

정면을 바라봤다.

자신의 집보다는 약간 규모가 작은 단독 주택.

바로 박문수의 집이었다.

· · · ◇ · · ·

박문수를 만나기 전에 능력을 구매했다.

〈4단계 화술의 책을 구매했어요!〉
〈습득한 화술 실력 : 진심을 담았을 경우, 상대가 대화의
주제와 연관된 추억을 떠올리면서 한 번 내렸던 결정을 다
시 한 번 생각하게 됨〉

'사람을 살리는 거야. 만반의 준비를 해야겠지.'
새로운 능력까지 얻은 최창수는 초인종을 누르려던 손가
락을 황급히 거뒀다.
'내가 관여한 결과만 바뀌지. 나머지는 내 기억과 똑같
이 진행되겠지?'
그렇다면 굳이 초인종을 눌러 집에 있는 박문수를 부를
필요가 없다.
알아서 밖으로 나올 테니까.
괜히 초인종을 눌렀다가 박문수 대신 그의 가족이 나오
면 없던 일만 추가하는 꼴이 된다.
'그들은 지금도 날 원망하고 있을 테니까. 미래를 바꾸
는 일이야, 신중하게 행동해야지.'
최창수는 어느 정도 떨어진 전봇대 뒤에 숨었다.
그로부터 머지않아 박문수의 아내가 나왔다.

"어우, 짜증나! 언제까지 저러고 있을 거냐고!"

남편의 괴로운 심정.

앞으로 다가올 미래를 모르는 박문수의 아내는 전봇대를 지나쳐 저 멀리 사라졌다.

'……장례식장에서 볼 때는 박문수를 아끼는 줄 알았는데 딱히 그건 아닌가보군. 잃고서 그의 소중함을 느낀 건가…….'

박문수가 더 처량하게 느껴졌다.

'벌써 74시간 밖에 안 남았네. 시간이 금이란 말이 엄청나게 다가오네.'

고민 끝에 최창수는 초인종을 눌러 그를 불러내기로 했다.

박문수의 가족은 아내와 대학생 아들 딸 두 명. 아까 전 아내도 나갔으니 집에는 박문수만 있을 게 확실했다.

하지만 초인종을 열 번 넘게 눌러도 아무런 변화가 없었다. 1분 1초가 아까운 최창수는 근처에 놓인 차를 밟고 담을 넘기로 했다.

'어차피 과거인데.'

물론 자신의 행동이 가져온 결과가 현재에 반영되지만, 결국에는 다른 세상이다. 게다가 이 정도의 가벼운 경범죄는 문제없다.

끼이익.

담에 걸쳐 앉고, 이제 마당으로 뛰어내릴 일만 남았는데 박문수의 자택 현관문이 열렸다.

그리고 만취해서 비틀비틀 걸어 나오는 박문수가 보였다. 위태위태한 걸음은 기어코 제 발에 걸려 계단에서 구르는 실수를 저질렀다.

"어이구야……."

힘없는 목소리, 박문수는 옷에 묻은 흙먼지를 털지도 않고 바닥을 보면서 하염없이 걸었다.

대문을 연 박문수는 자차 앞에 서 주머니를 뒤적거렸다. 꺼낸 차 열쇠. 알코올 때문에 사시나무처럼 떨리는 손으로 차 열쇠를 힘겹게 꽂으려 했지만 번번이 실패만 했다.

"……저 아저씨 참."

보고 있다면 죄책감을 느끼라는 듯 연달아 불쌍한 모습만 보여주는 박문수. 최창수의 표정은 점점 안 좋아졌다.

"박문수 씨."

보다 못한 최창수가 먼저 다가갔다.

"술 냄새가 진동을 하는데, 그 정신으로 운전할 겁니까?"

"……뭐야."

최창수는 차분하게, 박문수는 술이 달아났다는 듯 놀란 표정으로 서로를 바라봤다.

"왜 네가 여기 있지?"

"걱정돼서 왔습니다."

"걱정이라고? 허……."

박문수의 표정이 일그러졌지만 그것도 잠시. 배를 부여잡고 호탕하게 웃기 시작했다.

"이거야 원, 병 주고 약 주는 꼴이군. 참 정의로운 사내야, 자네는."

박문수가 최창수를 바라봤다.

"내게 복수하겠다고 온갖 반격은 다 해놓고, 법원 결과 나오니 미안해지기라도 했나?"

"아니라면 거짓말이죠."

"미안하면 당장 내 눈앞에서 사라지게. 이 이후부터 일어나는 일은 자네가 뭔 짓을 해도 수습할 수 없으니까."

"그것까지는 수습할 생각 없습니다. 죗값은 받으셔야 하니까요."

"……군이 한 번 더 말해줘서 고맙군."

무심히 고개 돌린 박문수가 차에 올랐다. 그리고 문을 닫으려고 했지만 뭔가 가로막은 듯 닫히지 않았다.

"운전하지 마세요."

힘으로 문을 억지로 연 최창수가 말했다.

"정 해야겠다면 술 다 깨고 하세요."

"……이제는 내 개인사까지 끼어드는 건가?"

"사람 살리는데 뭘 못하겠습니까? 명심하세요. 박문수 씨, 지금 운전하면 오늘 사고로 죽습니다."

"……"

"음주운전으로 인한 차량 전복사고. 당신뿐 아니라 같이 휘말린 한 3인 가족 중 한 명도 목숨을 잃습니다. 죽으려면 혼자 죽으란 말이 아니라, 다 같이 살자는 뜻입니다."

최창수가 진심을 담았다.

"생각해보세요. 박문수 씨가 죽고 홀로 남겨질 가족은 어떨 심정일지, 당신의 빈자리로 인해 오뚝이가 어떤 식으로 몰락하게 될 지. 여기서 당신이 죽으면 짊어지고 있는 짐을 내려두는 게 아니라, 남에게 떠넘기는 거에 불과해집니다."

"……."

"당신을 괴롭게 만든 주범이 이런 말 하는 것도 웃기겠지만, 사셔야죠. 살아야 제게 복수하건 말건 할 거 아닙니까."

"……다 끝났는데 뭘 복수해."

침묵하던 박문수가 입을 열었다. 그리고 고개를 푹 숙였다. 이윽고 흔들리는 그의 어깨. 숨죽이며 눈물 흘리는 소리가 귓가에 닿는다.

마음이 복잡해졌다.

비록 박문수가 잘못은 했지만, 어디까지나 욕심에 휘둘렸다는 걸 안다. 사람은 누구나 실수를 할 수 있고, 박문수는 단지 치명적인 실수를 했을 뿐이다.

그의 사람 됨됨이가 좋다는 건 그동안의 오뚝이를 보면 알 수 있다.

"비켜."

차 열쇠를 뺀 박문수가 말했다.

"어디가시려고요?"

"어디긴, 집이지."

최창수가 뒤로 물러서자 박문수가 차에서 내렸다. 그리고 집을 바라봤다.

"마누라가 방청소하라고 잔소리하고 나갔거든. 안 치우면 또 뭐라 하겠지."

오뚝이가 성장할 때쯤 매매한 집.

이 집에 살면서 더욱 열심히 노력해 지금의 자리에 올랐다. 아내와의 금술은 더욱 좋아졌고, 이 집에서 태어난 자식 둘은 간혹 속을 썩이기는 했어도 자신의 재력만 믿고 망나니처럼 살지는 않았다.

비록 오늘은 아내가 잔소리했지만, 늘 제일 먼저 자신을 챙겨줬다.

"자네 말이 맞아."

현관문을 열면서 박문수가 말했다.

"살아야 뭘 하지……."

오뚝이는 큰 타격을 입었지만 아직 망하지는 않았다. 기사회생의 기회는 세월의 흐름이 다시 갖다 줄 거다.

하지만 자신이 없으면 오뚝이는 그 기회마저 잃는다. 빚더미에 앉은 가족은 길거리에 나앉게 될 테고…….

"내가 살아야 가족도 사니까."

박문수가 현관문을 닫았다.

마음을 고쳐먹은 걸까?

혹시 싫어서 저녁이 될 때까지 근처에 숨어 있었지만 박문수는 나오지 않았다.

"됐……나?"

결과는 현실로 돌아가야 알지만, 느낌이 그랬다.

박문수는 죽지 않을 거라고.

그 생각을 했기 때문일까.

〈운수 대통령님이 만족했습니다. 현실로 돌아갑니다.〉

· · · ◈ · · ·

두 눈을 떴다.

가장 먼저 확인한 건 시간이었다.

"제대로 돌아왔군."

이번에도 저번처럼 기절을 할 까봐 비서에게 절대 들어오지 말라고 얘기를 해뒀다. 덕분에 과거에서 돌아오자마자 혼란의 중심에 설 일은 없었다.

'조금 안심했다고 바로 돌아올 줄은 몰랐네.'

운수 대통령을 확인했다.

'결과는 어떻게 됐지?'

극적인 일은 없었다.

그저 박문수를 향해 진심만을 전했을 뿐이다. 박문수의

마음이 그때만 움직인 게 아니라면 모든 게 잘 풀렸을 거다.

〈결과를 확인 중입니다.〉
〈결과가 나왔습니다. 운수 대통령님이 제일 먼저 확인해 주시길 바랍니다.〉

운수 대통령 말고는 제대로 작동도 하지 않은 휴대폰.
멋대로 인터넷 뉴스가 켜졌고, 내용을 읽은 최창수는 큰 숨을 내쉬었다.
"됐다⋯⋯."

〈AG기업에게 공격 받고 망할 뻔한 오뚝이! 정신 차린 박문수의 공격적 운영으로 인해 느리지만 주가 재상승 중.〉
〈회사 규모를 절반으로 줄인 오뚝이 기업. 그 효과가 이제야 나오고 있다!〉

기사 내용에 의하면 박문수는 죽음보다는 속죄를 선택한 모양이었다.

〈운수 대통령님은 계속 후회하고 있던 박문수의 생명과 관련된 일을 해결했습니다. 박문수가 살았기에 그의 가족이 슬픔에 젖지 않게 됐고, 대한민국에서 사라질 뻔한 오뚝이 기업도 기사회생 중입니다.〉

〈추억 다이빙 결과 : S랭크〉

〈추억 다이빙 보상 : 인생 포인트 +250 / 소원 게이지 200% / 첫 번째 추억 다이빙 트로피〉

후회스러웠던 일을 정리한 것만으로도 충분한데, 보상까지 후하니 노력한 보람이 있었다.

"추억 다이빙…… 대박이야."

실패할 경우 손해가 크지만, 성공만 한다면 이만큼 높은 효율을 뽑아내는 능력도 없었다.

게다가 최창수는 이번 일로 한 가지 가능성을 확신하게 됐다.

'이 능력만 있다면, 난 실패할 일이 절대 없어.'

인간이라면 누구나 실패를 두려워 하는 법이다.

최창수 역시 인간이었다.

하지만 여태껏 실패하지 않은 이유는 성공을 향해 쉴 새 없이 달렸기 때문이다.

하지만 추억 다이빙만 있다면 굳이 달리지 않아도 실패를 멀리할 수 있다.

과거로 돌아가서 후회스러운 일을 수정할 수 있으니까.

만약 실패하더라도 인생 포인트나 소원 게이지만 있다면 몇 번이고 다시 도전할 수 있다.

"……이러면, 굳이 기업 말고 다른 방법으로도 대한민국을 바꿀 수 있어."

가장 손쉽게 대한민국에 깔린 부정적인 뿌리를 뽑고.

그 자리에 자신이 바라는 뿌리를 심을 수 있는 방법이 있다.

최창수는 우선 소원 게이지를 확인했다.

〈소원 게이지 : 3000%〉

'2000%만 더 모으면 돼. 어차피 그게 바로 되는 것도 아니고, 그때까지 모으면 충분해.'

최창수가 창밖을 바라봤다.

푸른 하늘에는 구름 한 점 없이 눈부신 태양만 떠 있었다.

"준비하자……."

목표를 향해 달려왔던 발걸음.

멈추기 전에 마지막 스퍼트를 할 때가 왔다.

· · · ◆ · · ·

어느덧 8년이 흘렀다.

마흔 하나의 나이.

최창수는 AG기업 대표 자리에서 일시적으로 자진사퇴했다.

대한민국은 큰 충격에 빠졌다.

진정 서민을 위해서 노력하던 대한민국 최고의 기업. AG기업은 현재 스무 개가 넘는 분야에서 정상을 차지했고, 그 명성은 해외에서도 알아주고 있다.

역사상 가장 짧은 기간에 정상에 오른 AG기업.

그리고 그걸 가능하게 만든 건 바로 최창수였다.

그가 있었기에 AG기업이 대한민국 최고의 기업이 될 수 있었고, 수많은 서민들이 많은 혜택을 봤다.

그런데 그가 AG기업 대표 자리에서 일시적으로 물러난 다니?

몇 몇은 AG기업이 망할지도 모른다는 불안을 느꼈고, 또 다른 누군가는 최창수도 다 생각이 있을 거라고 말했다.

그리고 그 말대로.

최창수는 다 생각이 있었다.

"칠순이 누나 오늘도 건강하네?"

시끌벅적한 시장통.

최창수는 정정당당 의원들과 함께 시장을 활보하고 있었다.

"어유, 우리 창수가 홍보인가 뭔가 해줘서 장사 잘 돼. 고마워~"

"고맙긴, 맛있는 반찬 먹게 해준 내가 더 고맙지. 원래 잘 팔렸어야 했어. 늦게라도 잘 팔려서 엄청 기쁘네."

예전보다 많이 늙어 주름살이 잡힌 최창수.

그가 활짝 웃었다.

가식 섞이지 않은, 오직 진심만 담긴 미소였다.

그 미소를 유지한 채 시장 전체를 돌아다니며 상인들과 얘기를 나눴다.

"저 예전부터 최창수 의원님 좋게 봤어요! 기억하실지 모르겠지만 같이 사진도 찍었어요."

"최창수 의원님이 기부한 돈 덕분에 우리 아들이 대학교 잘 다니고 있어요, 정말 고마워요."

"의원님 덕분에 근로자 대우가 예전보다 많이 좋아졌어요. 우리 딸 이번에 공장 들어갔는데 저 어릴 때에 비하면 비교도 안 되더라고요."

수백 명의 상인.

그들은 부르지도 않았는데 제 발로 뛰어나와 최창수에게 인사를 건넸다.

최창수는 진심어린 마음으로 그들을 상대했고, 때로는 음식을 구매하기도 했다. 어떤 건 그 자리에서 같은 당 의원끼리 먹으면서 화기애애한 모습을 연출했다.

"벌써 시장 한 바퀴 다 돌았네."

번데기를 먹으며 최창수가 말했다.

"선거 연설 몇 시쯤에 있었죠?"

"3시까지 광화문 광장으로 가면 됩니다. 아직 여유 있으니 좀 더 둘러보는 것도 좋을 듯 싶습니다."

"음, 오랜만에 모교나 한 번 갔다 와야겠네요."

최창수가 운전석에 앉았고, 함께 따라온 의원들은 뒷좌

석에 앉았는데 하나 같이 불편한 표정이었다.

"최창수 의원님, 운전기사 한 명 고용하는 게 좋지 않겠습니까? 이건 모습이……."

"모습이 뭐요?"

최창수가 피식했다.

"전 오히려 이런 솔직한 모습이 시민에게 더 긍정적으로 보일 거라 생각하는데요? 그리고 선거 맞춰서 이러는 게 아니라 예전부터 그랬던 거 아시잖아요."

"음, 그래도 곧……."

"괜찮다니까 그러네. 저 운전 집중해야 해요."

말하면서 최창수가 라디오를 켰다. 때마침 공중파 채널에서 이번에 있을 선거에 관한 얘기가 나오고 있었다.

-이번 대통령 선거에서 가장 주목할 만한 의원이 있다면 누구일까요?

-그야 두말할 것도 없이 바로 정정당당의 최창수 의원 아니겠습니까?

-최창수 의원. AG기업의 전 대표였죠? 대한민국 기업의 역사를 거의 새로 쓰다시피 했는데요. 몇 년 전에 갑자기 정정당당이라는, 절대 부정부패에 빠지지 않고 정정당당하고 깨끗한 세상을 만들겠다는 뜻을 가진 당을 만들고 정치인으로서 활약하기 시작했는데요. 기어코 선거 전에 대표 자리 사퇴라는 대형이슈를 터트리고 대통령 선거에

참가했죠.

-세간에서는 차기 대통령이 확정이라는 듯 말하고 있는데요. 저 역시 그렇게 생각할 수밖에 없는 게, 그동안 최창수 의원이 보여준 행실이 엄청 좋았죠.

-맞습니다. 자신의 이득은 최소화하고, 그로 인해 남은 돈은 모두 국민을 위해서 사용했죠. 정부에서도 하지 않는 일은 한 기업의 대표가 직접 나서서 했습니다. 이것만으로도 대통령이 됐을 때, 대한민국을 180도 바꿔줄 거란 희망이 생깁니다.

-정치 경력이 짧다는 게 흠이지만, 정치 잘한다고 좋은 대통령이 되는 건 아니거든요. 실제로 아직 이번 임기가 끝나지 않은 현 대통령. 정치 경력은 20년 넘지만 제대로 하는 게 없죠.

-맞습니다. 점점 삶이 팍팍해지는 대한민국. 현 시기에 중요한 건 정치 잘하는 대통령이 아니라, 진정으로 국가와 서민을 생각하는 대통령입니다. 그 적임자가 바로 최창수 의원입니다.

-오늘 3시에 광화문에서 대통령 후보자들의 연설이 있는데요. 이 역시 초점은 최창수 의원에게 맞춰져 있습니다. 그가 어떤 연설을 펼칠 지, 온 국민의 관심사라 해도 과언이 아닌데요……

···◆····

광화문 광장.

수천 명의 국민이 모여 있었고, 광장 중앙에는 선거 연설을 위해 마련한 단상이 세워져 있었다.

이번 대통령 선거에 입후보 한 인원은 총 다섯 명.

그 중 세 명이 연설을 끝냈지만 국민들은 듣는 둥 마는 둥 하품만 할 뿐이었다.

대통령 선거 연설 때마다 나오는 비슷한 말.

이제는 희망조차 생기지 않는 말에 국민들은 거친 야유를 던졌다.

그리고 마침내.

그들을 집중시킬 인물의 차례가 됐다.

"안녕하십니까, 여러분."

단상에 오른 그가 말했다. 마이크를 통해 스피커로 나오는 매력적인 목소리에 국민들은 벌써부터 귀를 기울였고, 이윽고 시야에 들어오는 그의 진심 어린 미소에 이제 막 성인이 된 시민은 가슴이 두근거리기까지 했다.

"전 AG기업 대표. 현 정정당당 소속 의원이자, 이번 대통령 선거에 입후보 한 최창수라고 합니다."

"우오오오!"

자기소개를 하기가 무섭게 시민들의 환호가 터져 나왔다. 연설 내내 욕만 먹은 타 후보들은 혀를 찼고, 아직 차례를 기다리는 후보는 의욕을 잃게 됐다.

최창수는 광장을 쓰윽 둘러봤다.

수천 명의 시민과 수백 대의 카메라.

이들 모두가 자신의 연설을 듣기 위해, 자신이란 인물에게 한 표를 던질 결정적 계기를 만들기 위해 찾아와줬다.

그들을 배신할 수 없다.

최창수는 미리 준비해뒀던 말을 꺼내기 시작했다. 시민들은 귀를 기울이며, 그가 내뱉은 말 한 마디 한 마디에 큰 희망을 갖게 됐다.

그 감정이 최고조에 달했을 때.

최창수는 마지막 일격을 날리기로 했다.

"예시를 하나 들어봅시다."

그가 손가락을 세웠다.

"여러분이 대형마트에 갔어요. 마침 설 연휴라서 계산을 기다리는 손님이 엄청나게 많습니다. 어서 계산하고 설 준비하러 가야 하는데, 희한하게 옆줄만 줄어들어요. 심지어 나보다 늦게 온 사람이 더 빨리 계산을 해. 이때 무슨 생각이 들까요?"

"왜 저 줄만 빨리 줄어들지? 뭔가 이상하고 억울할 거 같아요."

바로 앞에 있는 시민이 말했다.

"맞아요. 억울하죠. 이 억울함, 해소하려면 어떻게 해야겠어요? 답은 간단합니다. 카운터를 하나만 두고 한 줄로 서면됩니다. 이러면 공평해지죠. 그게 아니라면 카운터를 더 많이 만들면 되고요. 그런데 현 국가의 높은 양반들은 뭐라고 합니까? 어느 줄이 빨리 줄어드는지 비법을 배우라 하고, 내가 먼저 계산해야만 세상도 의미가 있는 거라며 부정을 강요하고, 그 사람도 당신처럼 방금 전까지 계산하려던 사람이라면서 내 노력이 부족했다고 말해요. 구조적인 문제를 개인의 책임으로 만든다 이 말입니다. 개인적으로 해결해봤자 순서만 바뀌지, 언젠가는 똑같은 사람이 또 나와요. 그때를 위해서 구조를 바꿔야 하는데, 사회는 억울하면 빨리 오라고만 합니다."

"그건 어쩔 수 없지 않아요? 늦는 만큼 손해 보는 건 당연한 거잖아요. 운동회 때도 달리기는 3등까지만 상 주는데."

"네, 맞아요. 잘한 놈에게 상 주는 거 문제없어요. 노력한 만큼 받는 건데 누가 뭐라고 해? 문제는 1등 못하면 벌을 준다는 거죠."

최창수가 적절한 호응을 넣어주는 시민을 바라봤다.

"노력했는데도 욕먹으면 더 화가 나는 법이에요. 제가 이 얘기를 왜 할까요? 비정규직. 대한민국이 아직도 해결하지 못한 비정규직을 해결하고 싶어서 꺼내봤습니다. 비정규직이 뭔가요? 말 그대로 정규직이 아닌 사람들이에요. 저임금에 삑하면 잘려, 위험한 일은 시키면서 산재처리는 돈 아깝다고 안 해주죠. 왜냐? 해줘봤자 얘는 조만간 회사 떠날 비정규직이니까."

광화문에 모인 시민 중, 비정규직은 자들이 어깨를 흠칫했다.

전부 자기들이 겪고 있는 일이다 보니 더욱 공감이 된 것……

"계약 기간 만료됐습니다. 재계약 없습니다. 이 간단한 한 마디면 바로 실직자 됩니다. 반복되는 실직은 빈곤율을 높이죠. 배가 고프면 어떻게 돼요? 우울하죠. 우울해지면 건강 나빠지고, 그러면 다시 회사 들어가도 승진도 못하고, 또 해고당하면 안 되니까 상사의 무리한 부탁에도 실실 웃으면서 다 떠맡고. 그러고 나중에 사고 쳐서 또 해고 돼. 숙련도가 안 쌓이니 재 취업은 더 힘들어지죠. 결국 이걸 버티지 못해 스스로 목숨을 끊는다. 그럼 가족말고는 아무도 안 슬퍼해요. 오히려 주변에서 뭐라 하는 지 알아요?"

최창수가 손가락으로 시민들을 가리켰다.

"그 사람의 인생은 쥐뿔 모르면서 나약해서, 의지가 없어서, 노력을 안 해서 그런 거라고 또 개인의 책임으로 만듭니다. 아주 개새끼들이에요. 만약 그들의 말대로 어떻게든 버텨요. 그럼 내 인생이 장밋빛으로 변할까요? 아뇨."

고개를 저었다.

"낙인효과라고 비정규직은 경력으로 안 줘요. 얘는 하자가 있어서 계속 비정규직이었구나 싶어서 아무 회사도 안 뽑아. 결국, 한 번 비정규직은 영원한 비정규직이 될 수밖에 없어요. 그럼 국가는 또 말하죠. 비정규직에서 빠져나오고 싶으면 자기계발을 하라. 이건 진짜 지랄이에요, 그것도 엄청난 지랄!"

그의 목소리가 확 커졌다.

"나 먹고 살 돈도 없고, 일하고 나면 피곤해서 바로 자야하고, 안자면 건강 나빠져서 없는 돈으로 병원 가야하고, 그러면 돈은 더 사라지고! 뭘 해도 힘든 상황에서 무슨 수로 자기계발을 합니까. 그것도 다 돈과 시간이 있어야지, 열정만 갖고는 못 합니다!"

"근데 그거는 본인 잘못 아니에요? 진작 열심히 했다면…… 그리고 비정규직이 인생의 정류장은 아니잖아요. 잠시 거치는 길이지."

딱 봐도 매사를 부정적으로 볼법한 시민이 입을 열었다. 최창수는 그를 매섭게 노려보고는 고개를 끄덕였다.

"정류장? 이곳이 삶의 종착지인 사람은 어쩔 건데요? 그들에게 있어 비정규직은 본인의 터전입니다. 국가가 무얼 위해 존재합니까? 바로 시민을 위해서 존재하는 겁니다! 경쟁에서 패배했다고 나 몰라라 하는 게 아니라, 경쟁에서 패배한 자에게 새 기회를 주라고 있는 게 바로 정부입니다!"

최창수가 마이크를 들었다. 감정이 상당히 고조됐는지 이제는 온몸을 사용하며 말과 함께 자신의 뜻을 전하기 시작했다.

"패배는 죄가 아닙니다! 우리는 죽지 못해서 억지로 살아야 할 사람이 아니고, 인생을 더욱 행복하게 살기 위해서 살아가는 존재란 말입니다! 우리의 국가는, 기업은, 정부는! 모두 행복하게 살자고 만들어진 존재지. 있는 새끼들 배를 더 불려주려고 존재하는 게 아니라고요!"

열정적이면서도 대한민국 비정규직의 문제점을 정확히 짚은 연설.

최창수는 거친 숨을 몰아쉬었고, 시민들은 침묵했다. 할 말이 없어서? 아니, 할 말은 많다. 단지 그것이 입이 아닌, 머릿속으로만 하고 있기 때문이다.

타 대통령 후보와 달리, 최창수의 연설은 하나하나가 가슴을 후비고 여태껏 외면해왔던 생각과 마주해 진지한 의논을 나누게 해줬다.

"이 비정규직은 거슬러 올라가면 IMF와도 연관있습니다. 다들 기억하시죠, 그 시절. 젊은 친구들은 모르겠지만, 저처럼 늙은 분들은 잊으려야 잊을 수가 없을 겁니다. 직장 다니던 아저씨들 다 잘리고, 사업하던 아저씨들 빚쟁이한테 도망 다니고, 집에서 가사만 했던 아줌마들 어떻게든 살아보려고 마트로, 공장으로 쏟아져 나오고. 그분들 아직도 존재해요. 요즘 어떻게 사는 지 아십니까?"

"어떻게 사는데요?"

"자식 학교 가는 거, 남편 출근하는 것도 못 보고 새벽밥 지어서 출근합니다. 온몸에 파스를 도배하고, 종일 서 있어서 다리는 찢어질 거 같은데도 일만 합니다. 난 정말 힘들어 죽겠는데! 내 가족 먹여 살리는 게 시급하니까 개인의 고통도 잊고 공장에서는 기계 만지고, 마트에서는 어서 오세요 고객님 하면서 허리 숙이고! 그렇게 일하면서도 임금은 얼마 되지도 않아요. 예전에 이 말 하니까 어떤 아줌마가 대답하더군요. 용돈 벌려고 나온 거라고. 그 말 듣고 저 웃었습니다. 왜냐고요? 용돈은 남이 거저 주는 거지, 내 몸 망치고, 내 행복 망치면서 받은 건 용돈이 아니라 임금이에요. 게다가 현 국가는 그에 대한 정당한 임금도 제대로 안 주는 곳이 태반입니다. 일하는 사람한테는 권리가 있어요. 제대로 된 임금을 받을 권리, 휴일에는 확실히 쉴 권리, 아프면 잠시 멈출 수 있는 권리. 하지만 아무도 그 권리를 인정해주지 않습니다. 원래 이렇다고, 나만 그런 게 아니라 다른 사람도 그렇다고 생각한 시점에서 이미 악덕 기업에게 세뇌당한 거라고요."

"어쩔 수 없잖아요. 저희가 을인데……."

"어쩔 수 없다고요? 왜 그렇게 생각하세요. 여러분 모두가 힘을 합치면 되는 일입니다. 막말로, 과장 좀 보태서. 대한민국의 모든 노동자가 보이콧을 시전하면 기업 어떻게 될 거 같아요? 높으신 양반 말고는 일 할 사람 없어서 운영 자체가 멈추겠죠. 그게 장기화되면 망하는 거고요. 안 그러기 위해서라도 걔들이 뭘 할까요? 여러분들의 정당한 권리, 다 누리게 해줍니다. 하지만 아무도 그러지 않습니다. 오히려 그 권리를 되찾기 위해서 싸우는 사람만 이상한 사람 만들죠. 남의 돈 먹기 쉬운 줄 아냐면서 참는 걸 강요합니다. 문제는 이걸 정부도 권유하고 있다는 거죠. 정부와 기업은, 우리는 한 명의 시민이 아니라 단지 자신들의 배를 불러주는 가축으로 생각하고 있다는 뜻 밖에 안 됩니다."

시민들 대부분이 고개를 숙였다.

실제로 그리 생각하고 있었으니까.

조금만 참으면 계속 회사에 남을 수 있는데, 굳이 돈 안 되고 몸 힘든 시위를 뭐하러 하냐면서 욕했었다.

자신들이 악덕기업에게 세뇌당한 줄도 모르고.

"이 현상의 피해자는 여러분만이 아닙니다. 여러분의 자식도 언젠간 피해 봐요. 이 중에 본인 일하는 모습 자식에게 떳떳하게 보여줄 수 있는 사람 있어요? 태반이 못 보여줄 겁니다. 왜냐고요? 쪽팔리니까. 새파랗게 어린 상사한테 억지 미소 짓고, 고개 숙이고, 힘들어서 매일 같이 관두고 싶다 말하면서도 가족 생각 미래 생각하면서 버텨요. 이런 모습 자식한테 어떻게 보여줘. 근데, 이 고민을 언젠간 내 자식도 하게 돼요. 구조가 바뀌지 않는 이상."

"맞아…… 난 마트에서 일하는 거 우리 애 못 보여줘."

"나도 내 자식이 공장에서 일한다면 말릴 거야."

드디어 하나 둘 최창수의 말에 동조하는 사람이 나타나기 시작했다.

최창수는 아직 가슴에 남아있는 얘기를 더 꺼내기로 했다.

"맞습니다. 우리가 근로 계약했지, 노예계약 한 게 아니 잖아요. 정당한 근로자였다면 아무리 일이 힘들어도 자식 에게 보여줄 수 있었을 겁니다. 하지만, 대부분이 노예계약 을 했기에 못 보여주는 거예요. 세계 10위 경제대국이니, 국민 소득 2만불이 코앞이니 하면서 선진국 다 된 거 같은 데 내 삶은 전혀 나아지지 않아. 내가 지금 다른 대한민국 에 사는 건가 싶을 정도로 의문이 들어요. 이거 왜 그럴까 요? 그 초석이 된 우리의 피를, 빨리기만 하고 다시 수혈 받지 못해서 그렇습니다. 비정규직 쥐어짜고! 정규직도 해 고를 협박으로 쥐어짜고! 시민 모두를 쥐어짜면서 차린 잔 칫상입니다! 그 잔칫상에 우리는 초대받지도 못했어요. 그 잔칫상은 오직, 높으신 양반의 것입니다. 뺏어가고 뺏어가 고, 또 뺏어가서 차린 거 자기들만 먹어요! 먹고 싶으면 더 노력하라고 막말 해. 우리 힘든 건 생각도 안 하고, 본인이 못해서 그런 건데 왜 남 탓 하냐고 말합니다! 도와준 건 하 나도 없는 양반들이! 여기서 더 빨리면 죽는데 그따위 소리 나 하고 있으니 화가 나요, 안 나요?"

"나죠……."

"맞습니다. 나야 해요. 하지만 그 화, 그 사람들에게 표 출할 수 있습니까?"

시민 모두가 다시 침묵했다.

할 수 없었다.

당연히 느낄 수밖에 없는 분노를 어떻게 상사에게 표출한단 말인가.

그랬다가는 안 그래도 힘든 사회생활이 더 힘들어지고, 자칫 해고라도 당하면 인생이 고달파진다.

참는 게 답이었다.

그것이 오답이란 걸 알면서도…….

"히틀러가 왜 현 정부와 기업처럼 공포정치 한 줄 아세요? 그게 가장 손쉽게 사람을 노예로 만드는 방법이기 때문입니다. 살아있는 인간은 뺏기면 화낼 줄 알고, 맞으면 맞서 싸울 줄 압니다. 그게 안 되면 죽어있는 거나 마찬가지고! 대한민국 시민 대부분이 전부 죽어있단 말입니다! 시체만 가득한데 무슨 수로 나라가 똑바로 돌아가!"

최창수가 단상을 강하게 내려쳤다. 스피커 너머로 삐이이 시끄러운 소리가 나왔지만 그 누구도 귀를 막지 않았다.

최창수의 거친 숨소리를 들어야 했으니까. 그것마저 그의 연설의 일부라 생각될 만큼, 시민은 감정이입을 하고 있었다.

"제가 여러분을 산 사람으로 만들어드리겠습니다. 사는 곳이 달라지면 보이는 풍경이 다르다고, 보이는 풍경마저 바꿔드리겠습니다."

최창수가 마이크를 쥔 손을 높이 들었다.

그리고 광화문 광장에 모인 시민을 향해 외쳤다.

"대통령 후보 3번! 최창수에게 한 표 주시면! 대통령

직함을 단 시민이 되어보겠습니다! 산 사람이 되고 싶다면! 보이는 풍경을 바꾸고 싶다면! 여러분의 소중한 한 표를 꼭 제게 주십시오!"

연설의 끝…….

시민들이 꿈과 희망을 갖게 된 순간이었다.

송근태 현대 판타지 장편소설

에필로그

운수 대통령

운수대통령

에필로그

최설우는 졸음을 참지 못하고 크게 하품을 내뱉었다.

올해로 고등학교 1학년.

아버지가 다니던 고등학교 야구부원 소속인 그는 마무리 투수였고, 1학년임에도 불구하고 벌써 유명 대학이나 팀으로부터 많은 관심을 받고 있었다.

"최설우."

"네."

결국 참지 못해 교과서를 세워두고 몰래 자려던 찰나, 사회 선생이 자신을 불렀다. 또 잔소리 들을 까봐 걱정하고 있는데 그가 말했다.

"전 대통령 얘기할 건데…… 불편하면 수업은 여기까지만

들어도 된다."

"……."

졸음 가득하던 최설우의 눈빛이 진지해졌다. 꽉 다문 입은 한 마디도 나오지 않았고, 끝내 교과서를 정리하고 가방을 챙겼다.

"오늘은 이만 조퇴하겠습니다."

"……그러도록 하거라."

"네. 감사합니다."

깍듯하게 허리를 숙인 최설우가 교실에서 나왔다. 잠시 학교를 서성이던 최설우는 야구부 감독에게도 사정을 설명하고는 집으로 향했다.

"엄마 저 왔어요."

현관문을 열었다.

어릴 적부터 좋아하던 어머니의 돈가스 냄새가 바로 코를 찔렀다.

"아, 설우 왔니?"

어느덧 쉰이 가까워진 서유라.

그럼에도 기품 있는 모습인 그녀가 조리용 젓가락을 들고 아들을 반겼다.

"담임선생님이 전화하셨더라. 설우 지금 조퇴하고 집 가는 중이라고. 때마침 점심시간이어서 돈가스 준비하고 있었어."

"오면서 샌드위치 먹었는데……."

"그래서 안 먹을 거야? 엄마가 열심히 만들었는데?"

"언제 안 먹는다고 했어요? 엄마가 해준 음식이 세계 최고인데 꼭 먹어야지."

"어이구, 우리 아들. 엄마 비행기도 태워줄 줄 알고 다 컸어. 옷 갈아입고 씻으렴. 거의 다 되가."

"네."

신발을 벗은 최설우가 자신의 방으로 향했다. 매일 야구복만 입어서 아직도 어색한 교복을 벗고, 어머니와 함께 사온 사복으로 갈아입은 후 거실로 나왔다.

그리고 이것저것 잔뜩 놓인 지저분한 거실이 눈에 들어왔다.

아까는 정신없어서 못 봤던 그걸 살피며 물었다.

"아빠 물건…… 다 버리지 않았어요?"

"응. 그런 줄 알았는데 창고 뒤지니까 더 나오더라. 마저 정리하려고 꺼내뒀어."

"그렇군요……."

"돈가스 다 됐다. 먹자."

"네."

최설우가 테이블에 앉았다.

잘 먹겠습니다. 어머니에게 감사함을 표하고 젓가락을 집었다.

"맛있어?"

"엄마 음식이 언제 맛 없던 적 있어요? 아아, 우리 아빠도 참 불쌍해. 이 맛있는 음식도 이제 못 먹고."

어머니는 어째서 자신이 조퇴했는지 다 아실 거다. 그 말 많은 담임이 전화를 했으니까. 괜찮다는 걸 보여주려고 일부러 밝은 척 했다.

그 모습에 서유라는 쓰게 웃으며 뭔가를 건넸다.

"참, 이거. 유품 정리하다가 나온 건데, 창수가 너한테 남긴 거 같더라."

"저한테요?"

젓가락을 놓고 편지봉투를 받았다. 식사를 마칠 때까지 기다릴 수 없어 그 자리에서 바로 봉투를 뜯어 편지를 펼쳤다.

아버지가 자신에게 남긴 진솔한 내용…….

마지막 문장을 읽은 최설우 허겁지겁 그릇을 비우더니 자리에서 일어났다.

"엄마, 저 잠깐 나갔다 올게요."

"같이 갈까?"

"아뇨, 혼자 갔다 올게요. 저녁 전에 돌아올 테니까 쉬고 계세요!"

최설우가 급하게 현관문을 열었다.

· · · ◈ · · ·

잠시 후.

최설우는 천안역에 도착했다.

천천히 걸으며 아버지와 함께 걸었던 길을 되짚어봤다.

떠오르는 곳으로 발걸음을 옮기자 으슥한 골목길에 들어서게 됐다.

"여기…… 아직도 남아있었구나."

도착한 곳은 허름한 캐비닛이 좌르륵 세워진 곳이었다.

"이곳에서, 아버지의 모든 게 바뀌었다고 말씀하셨는데."

최설우가 주변을 둘러봤다. 그때 한 고철더미에 시야에 들어왔다. 자신의 손바닥에 아직도 선명히 남아있는 흉터 자국. 피를 철철 흘리는 자신을 보며 놀라 급히 병원에 데려가셨던 아버지, 최창수가 떠올랐다.

"보고 싶다."

그의 생각을 하기가 무섭게 눈가가 붉어졌다. 곧 눈물이 뺨을 타고 흐르기 시작했다. 오랜만에 목 놓아 울고 싶었지만, 어디선가 아버지가 보고만 있는 거 같아 황급히 눈물을 훔쳤다.

"저 MLB에서 활약하는 거 꼭 보신다 했으면서……."

자신과 어머니를 두고 작년에 돌아가신 아버지가 원망스러웠다.

자신의 아버지 최창수.

그는 세간에서 인정하는 훌륭한 대통령이었다.

가난한 집안의 자식으로 태어나 승승장구 해 AG기업을 세우셨다. 자수성가가 꿈인 모든 이들의 우상이 됐고, 대한민국 최고의 기업이라는 명맥은 아직도 유지되고 있다.

지지율 78%라는 압도적인 승리를 쟁취해 대한민국 대통령 자리에도 올랐다. 그는 자신이 말한 건 전부 지켰고, 대한민국의 부정부패를 없애가며 진정으로 국민의 행복만을 쫓았다.

대한민국 대통령 이래 가장 많은 공을 쌓았고, 대통령 최초로 욕 한 마디 먹지 않았다.

늘 올바르고 약자를 생각할 줄 아는 분이었다.

이렇게나 착하고 좋은 사람은 평생 살아도 될 법한데, 작년에 숨을 거뒀다. 그것도 자신이 고등학생 나이에 프로팀과 계약을 한 경사스러운 날에…….

기쁜 마음에 고등학생 신분으로 진탕 술을 마셔 아버지가 숨을 거두는 모습을 보지 못했다. 숙취 때문에 다음 날 치러진 장례식장에서도 한동안 정신을 못 차리는 등, 지금 생각하면 후회스러운 일만 가득했다.

"이곳에서…… 내게 뭘 주려고 하셨던 걸까."

문득 예전이 떠올랐다.

최창수는 자신을 이곳에 데려와 뭔가를 주려다가, 어른이 되면 주겠다고 말을 바꿨다.

그리고 지금.

소중한 아들이 어른이 됐다고 판단했는지 아버지가 남겨둔 편지를 읽게 됐다.

낡고 녹슨 푸른색 캐비닛.

3층 4번째 자리에 아버지가 자신에게 전하려고 한 유품이 잠들어있다.

끼이익.

녹 때문에 뻑뻑해진 문을 열었다.

"이건……."

그 안에는 휴대폰 하나가 놓여 있었다.

그것도 상당히 오래된 휴대폰…….

최설우는 이것의 정체를 알고 있었다.

'아버지가 애지중지하던 건데…….'

유품이란 이것인가?

최설우는 조심스럽게 휴대폰을 만졌다.

그리고 그 순간.

휴대폰이 멋대로 켜지고 어플 하나가 실행됐다.

어플의 이름은 운수 대통령.

최설우의 시야에 문장이 들어왔다.

〈반갑습니다, 운수 대통령님! 무엇을 도와드릴까요?〉

〈 完 〉

송근태 현대 판타지 장편소설

작가 후기

운수 대통령

운수
대통령

작가 후기

안녕하세요, 운수 대통령 작가 송근태입니다.

작년 8월부터 1권 집필을 시작하고, 9월부터 연재를 시작한 운수 대통령이 6권으로 완결됐습니다.

짧다면 짧고 길다면 긴 6개월 동안, 운수 대통령을 집필하고 많은 독자 여러분을 만나면서 정말 다양한 걸 배웠습니다.

원래 운수 대통령은 청소년 드라마처럼 쓸 생각이었습니다. 잔잔하면서도 소소한 웃음을 주는 에피소드 형식으로…… 큰 성공보다는 유료 조회수 2~300만 꾸준히 유지해도 만족스러워 할 거 였습니다만.

제법 연재를 했음에도 생각만큼의 결과가 나오지 않았고,

그 이유가 최창수의 명확한 목표가 없어서 그런 거라고 생각했습니다.

그래서 추가한 게 약자를 지키면서 모두가 행복하게 살 수 있는 국가를 만드는 거였습니다.

2권 때까지는 어떻게든 기존의 느낌을 유지하면서 그 목표를 향해 나아가는 모습을 보여줬습니다만, 3권 때부터 조금씩 제 부족함이 드러나기 시작했습니다.

3권과 4권을 집필할 때 정말 많이 방황했고, 5권 때 겨우 방황을 멈추고 집필을 시작했습니다. (연재 시 자주 지각하고 쉬었던 이유도 다 이거 때문입니다…….)

6권에서는 운수 대통령 1권을 집필할 때부터 쓰고 싶었던 내용을 전부 집어넣었습니다.

이번이 세 번째 장편 완결이지만 언제나 그렇듯이 개운하면서도 아쉬움이 남네요.

두 번의 5권 조기완결 후, 처음으로 5권 완결에서 벗어난 작품이니만큼 더욱 애착이 큽니다. 다행이라면 제가 보여주고 싶던 장면, 메시지는 제대로 전달한 거 같아서 기쁩니다.

다급함, 욕심에 쫓겨 초기에 구상한 이야기를 제대로 풀어나가지 못했다는 것.

운수 대통령이라는 설정을 매력적으로 풀어가지 못했다는 것.

정말 많은 걸 깨달았습니다.

이번 작품에서 깨달은 걸 바탕으로, 다음 작품은 좀 더 재밌게 잘 쓰도록 하겠습니다.

여태껏 운수 대통령을, 최창수와 함께 완결까지 달려주신 독자 여러분!

정말 감사합니다.

세계 최고의 연기자에게 붙는
위대한 칭호 **연기의 신神**

사람의 마음이 색으로 보이는 **강신!**
홀어머니 아래 잘 자라던 그에게
어머님의 죽음이란 시련이 닥쳐 오지만
부모님의 친구였던 분에게 도움을 받아
어려움 없는 유년 시절을 보내게 된다!

우연찮은 기회에 보게 된 뮤지컬 [레미제라블]로 인해
그는 연기의 매력에 푹 빠져 들게 되고
독학으로 연기 공부를 시작하게 되는데!

메소드 METHOD

배우가 배역을 연기하기보다 배역 그 자체가 되는 기술!
타고난 연기 천재가 펼치는 메소드 연기는 어떤 연기일까.
인간의 연기일까? 아니면 신의 연기일까?

**국내를 넘어 세계로 뻗어 나갈
신의 연기가 지금 시작된다!**

북두 백락白樂 현대판타지 장편소설
NEO MODERN FANTASY STO